AS IMPACIENTES

# As impacientes

## DJAÏLI AMADOU AMAL

*tradução*
Juçara Valentino

*1ª reimpressão*

*Les impatientes*
© 2020 Emmanuelle Collas (France)

Publié par l'intermédiaire de
Milena Ascione BOOKSAGENT France

**AMBASSADE DE FRANCE AU BRÉSIL**
Liberté
Égalité
Fraternité

**INSTITUT FRANÇAIS**

Cet ouvrage, publié dans le cadre du Programme d'Aide à la Publication année 2021 Carlos Drummond de Andrade de l'Ambassade de France au Brésil, a bénéficié du soutien du Ministère de l'Europe et des Affaires étrangères, ainsi que des Programmes d'aides à la publication de l'Institut Français.

*Este livro, publicado no âmbito do Programa de Apoio à Publicação ano 2021 Carlos Drummond de Andrade da Embaixada da França no Brasil, contou com o apoio do Ministério francês da Europa e das Relações Exteriores e do apoio à publicação do Institut Français.*

ნაწილი

*Esta obra é uma ficção
baseada em eventos reais.*

*Munyal defan hayre.*
"A paciência cozinha a pedra."
Provérbio fulani[1]

*Ao meu esposo, Hamadou Baba,
a todos os nossos filhos, amor e ternura.*

# RAMLA

A paciência de um coração é proporcional à sua grandeza.

*Provérbio árabe*

P aciência, minhas filhas! *Munyal!* Essa é a essência do casamento e da vida. Essa é a verdadeira essência de nossa religião, de nossos costumes, do *pulaaku*.[2] Integre-a à vida futura de vocês. Inscreva-a em seus corações, repita-a em suas mentes! *Munyal*, vocês nunca devem se esquecer! — disse meu pai com uma voz grave.

De cabeça baixa, a emoção toma conta de mim. Minhas tias nos levaram, Hindou e eu, aos aposentos de meu pai. Do lado de fora, a efervescência desse duplo casamento chega ao seu auge. Os carros já estão estacionados. As famílias dos noivos esperam impacientes. As crianças, excitadas pelo clima de festa, gritam e dançam em volta dos carros. Nossas amigas e nossas irmãs mais novas, desconhecendo a angústia em que nos encontramos, se mantêm ao nosso lado. Elas sentem inveja de nós e sonham com o dia em que também serão as rainhas da festa. Os griôs,[3] acompanhados por tocadores de alaúdes e de tambor, estavam presentes. Eles cantam a plenos pulmões louvores em homenagem à família e aos novos genros.

Meu pai está sentado em seu sofá favorito. Ele bebe a pequenos goles uma xícara de chá perfumado com cravo. Hayatou e Oumarou, meus tios, também estão presentes, cercados por amigos próximos. Esses homens devem nos transmitir os últimos conselhos, enumerar nossos futuros deveres de esposas e, então, nos dar adeus — não antes de nos conceder suas bênçãos.

— *Munyal*, minhas filhas, pois a paciência é uma virtude. Deus ama as pacientes — repete meu pai, inabalável. — Hoje cumpro meu dever de pai com vocês. Eu as criei, as instruí, e hoje entrego vocês a homens responsáveis! Vocês agora são moças crescidas — quase mulheres! A partir de agora estão casadas e devem respeito aos esposos de vocês.

Me certifico de que meu manto está bem distribuído em torno de mim. É uma suntuosa *alkibbare*. Estou sentada com minha irmã Hindou aos pés de nosso pai sobre um tapete turco vermelho vivo, que contrasta com nossos vestidos escuros. Estamos cercadas por nossas tias que, escolhidas como nossas grandes *kamo*, assumem o papel de damas de honra. Como em todo casamento, Goggo Nenné, Goggo Diya e suas comadres têm muita dificuldade em esconder a emoção. Seus soluços interrompem o silêncio. As lágrimas atravessam os sulcos profundos de suas boche-

chas enrugadas. Sem falso pudor, elas exibem os olhos vermelhos. Por meio de nós, revivem seus casamentos. Assim como nós, foram levadas até os pais para um último adeus e receberam os conselhos habituais dados de geração em geração a toda nova esposa.
— *Munyal*, minhas filhas! — disse meu tio Hayatou. Depois fez uma pausa e raspou a garganta antes de enumerar em um tom grave:

— Respeitem as cinco preces diárias.
— Leiam o Corão para ter uma descendência abençoada.
— Temam o seu Deus.
— Sejam submissas a seus maridos.
— Poupem suas almas da diversão.
— Sejam para eles servas e eles serão seus cativos.
— Sejam para eles a terra e eles serão seu céu.
— Sejam para eles um campo e eles serão sua chuva.
— Sejam para eles um leito e eles serão seu abrigo.
— Não fiquem de cara fechada.
— Não menosprezem nem troquem um presente por outro.
— Não sejam raivosas.
— Não sejam faladeiras.
— Não sejam desatentas.
— Não supliquem, não exijam nada.
— Sejam recatadas.
— Sejam agradecidas.
— Sejam pacientes.
— Sejam discretas.
— Valorizem-nos para que eles as honrem.

— Respeitem a família deles e se submetam a elas para que as apoiem.
— Ajudem seu esposo.
— Preservem a fortuna deles.
— Preservem a dignidade deles.
— Preservem o apetite deles.
— Que eles nunca sintam fome por conta de vocês serem preguiçosas, mau humoradas ou por cozinharem mal.
— Poupem a vista, a audição e o olfato deles.
— Que os olhos deles nunca sejam confrontados com o que é sujo em sua comida ou em sua casa.
— Que as orelhas deles nunca escutem obscenidades ou insultos saídos da boca de vocês.
— Que o nariz deles nunca sinta nada que cheire mal em seu corpo ou em sua casa, que eles sintam apenas perfume e incenso.

As palavras dele entraram em minha mente. Sinto meu coração se partir ao perceber que estou vivendo o pesadelo das noites precedentes.
    Até o último momento, ingenuamente, esperei que um milagre me pouparia dessa provação. Uma raiva impotente e muda me sufoca. Vontade de quebrar tudo, de gritar, de berrar. Minha irmã não consegue mais conter as lágrimas e soluça. Parece sufocar. Procuro a mão dela e a aperto, para reconfortá-la. Diante de seu desespero, sinto-me forte, apesar de minha dor.

Agora que estamos nos separando, Hindou se torna ainda mais cara para mim.

— Que seus pais nunca saibam o que é desagradável no lar de vocês. Guardem em segredo os conflitos conjugais. Não cultivem a aversão entre as famílias, pois quando se reconciliarem, o ódio que foi semeado perdurará — acrescentou tio Hayatou.

Após um silêncio, meu pai retomou no mesmo tom grave e autoritário:

— A partir de agora, vocês pertencem aos seus esposos e devem a eles submissão total, estabelecida por Alá. Sem a permissão do esposo, vocês não têm o direito de sair, nem mesmo para vir me ver! Assim, e somente assim, vocês serão esposas primorosas!

Tio Oumarou, que até então estava em silêncio, reforçou:

— Lembrem-se sempre que, para ser agradável ao esposo em cada encontro, a mulher deve se perfumar com seu perfume mais precioso, vestir-se com as melhores roupas, enfeitar-se com joias — e muito mais! O paraíso de uma mulher se encontra aos pés de seu esposo.

Ele faz uma pausa para nos dar o tempo de meditar, depois se vira em direção ao seu irmão mais novo e conclui:

— Hayatou, faça o *do'a*, pronuncie a prece. Que Alá conceda a vocês a alegria, contemple a nova casa de vocês com uma progenitura numerosa e dê a eles a

*baraka*.⁴ Enfim, que Alá conceda a todo pai a alegria de casar sua filha!
— *Amine!*⁵ — responde meu pai. Depois, dirigindo-se a minhas tias — podem ir agora. Os carros estão esperando.

Goggo Nenné me conduz pelo braço. Com uma voz surda, agradeço meu pai, depois meus tios. Para surpresa geral, Hindou se joga aos prantos aos pés de nosso pai, petrificada, e suplica:
— Por favor, Baaba, me escute: eu não quero me casar com ele! Por favor, me deixe ficar aqui.
— Do que você está falando, Hindou?
— Eu não amo Moubarak! — ela diz, soluçando ainda mais. — Eu não quero me casar com ele.
Meu pai mal olha para a adolescente curvada aos seus pés. Virando-se em minha direção, ordena calmamente:
— Pode ir. Que Alá conceda a vocês a alegria.
E acabou. Essa foi toda a despedida que recebi de meu pai a quem, provavelmente, não verei em menos de um ano — se tudo se passar normalmente.
Nesse momento, apesar da distância que sempre existiu entre nós, queria que ele tivesse falado comigo, dito que sentiria minha falta. Tinha esperanças de que ele me assegurasse seu amor, que murmurasse que eu sempre seria sua filhinha, que aquela casa sempre seria minha e que eu sempre seria bem-vinda ali. Mas sei que isso não é possível na vida de verdade. Não esta-

mos em uma das novelas de televisão importadas que povoam nossos sonhos de adolescentes nem em um dos romances água com açúcar com os quais nos deliciávamos. Não somos as primeiras nem as últimas moças que meu pai e meus tios casarão. Pelo contrário, eles se sentem bastante satisfeitos por terem cumprido o dever sem falha. Desde nossa infância, esperam apenas pelo momento em que poderão enfim aliviar o peso de suas responsabilidades entregando-nos, virgens, a outro homem.

Minhas tias nos conduzem em direção à saída, totalmente cobertas por véus. Há tantas mulheres nos esperando no grande pátio que minha mão se solta da de Hindou. Não consigo dizer nem uma só palavra a ela. Sou imediatamente conduzida em meio aos gritos das mulheres em direção ao carro que me espera. Uma última olhada e a vejo aos prantos, desesperada. Ela é empurrada sem consideração para dentro do segundo carro.

٢

Durante todo o trajeto, de acordo com o ritual, gritos de alegria me acompanham. A luxuosa Mercedes preta na qual estou sentada vai à frente, seguida por dezenas de outros carros, com as buzinas soando. O cortejo dá uma volta pela cidade antes de se precipitar em uma magnífica concessão,⁶ que cintila com luzes coloridas. Os sons dos tantãs, os cantos dos griôs misturados aos gritos das mulheres e das crianças superexcitadas criavam uma cacofonia inacreditável.

Uma hora mais tarde, minha coesposa vem me desejar boas-vindas. Debaixo de meu véu, olho para ela. Contrariamente ao que imaginava, não é velha. É uma mulher radiante, de uns trinta anos, muito bonita.

Gostaria de tê-la como aliada, mas o olhar dela me impede. Ela parece me detestar antes mesmo de me conhecer. Também está cercada por mulheres da família que ostentam sorrisos benevolentes.

Os dois lados se avaliam, examinam-se em um duelo silencioso, no qual é possível perceber uma hipocrisia viscosa.

Minha coesposa está vestida como uma noiva. Uma *tanga*[7] brilhante, belas tranças, as mãos e os pés ornados com tatuagens de hena. Mas sinto que ela faz um esforço enorme para permanecer calma. Os lábios dela exibem um leve sorriso que não esconde a tristeza dos seus olhos. Dizem que ela ficou deprimida ao saber deste casamento, que passou dias inteiros chorando. Sem dúvida se recuperou graças ao apoio da família ou simplesmente resignou-se e admitiu que nada nem ninguém poderia desviar o esposo do projeto de casamento, que já deixava toda a cidade em alvoroço.

Os olhos dela me inspecionam e me transpassam. Nossos olhares se cruzam e a raiva que leio nos olhos dela me faz abaixar os meus.

Minha cunhada mais velha, que se beneficia da consideração das outras mulheres, dirige-se a minha coesposa:

— Minha querida Safira, aqui está a nova esposa, sua *amariya*. O nome dela é Ramla. Sua irmã mais nova, sua caçula, sua filha. A família dela a entrega a você. A partir de agora, cabe a você ajudá-la, dando conselhos, mostrando o funcionamento da concessão. Você é a primeira esposa, a *daada-saaré*. E como você sabe, a *daada-saaré* é a guia da casa, aquela que zela pela harmonia do lar.

— *Daada-saaré*, você será também o bode-expiatório da casa. Você manterá o lugar de *daada-saaré*, mesmo que ele se case com outras dez. Então, apenas uma palavra: *munyal*, paciência! Pois tudo aqui provém de sua responsabilidade. Você é o pilar da casa. Cabe a você fazer esforços, ser firme e conciliadora. Para isso, você sempre terá que praticar como nunca o autocontrole, o *munyal*. Você, Safira, a *daada-saaré*, *jiddere-saaré*, a mãe, a dona do lar e bode expiatório da casa! *Munyal, munyal...*

Em seguida, ela se vira em minha direção:

— Ramla, agora você é a irmã mais nova de Safira, a filha dela, e ela é sua mãe. Você deve a ela obediência e respeito. Você vai confiar nela, pedir conselhos a ela, seguir as ordens dela. Você é a caçula. Você não tomará a iniciativa em relação à gestão da concessão sem a permissão da *daada-saaré*. Ela é a dona da casa. Você é apenas sua irmã mais nova. A você, cabem as tarefas ingratas. Obediência absoluta, paciência diante da raiva dela, respeito! *Munyal, munyal...*

Nós escutamos em silêncio, nos restringindo a balançar a cabeça em sinal de concordância. Depois Safira parte acompanhada de sua família. Os meus também não se demoram muito. Apenas as mulheres que, de acordo com a tradição, foram escolhidas para me acompanhar nos primeiros dias do casamento permanecem. Elas se instalam em meus novos aposentos, situados bem diante dos da minha coesposa. Cabe a Goggo Nenné a honra de me conduzir ao quarto nupcial.

۳

Cresci em uma casa fulani, parecida com todas as outras concessões ricas de Maroua, no norte dos Camarões. Meu pai, Alhadji Boubakari, faz parte da geração de fulani sedentarizados que deixaram a terra natal e se instalaram na cidade, a fim de diversificar as atividades. Hoje, é um homem de negócios, assim como seus irmãos. Entretanto, ele manteve em Danki, onde nasceu, um rebanho bovino que confiou a pastores ainda presos à tradição nômade. É o gado que faz o fulani. E minha família não se afasta da regra.

Meu pai é um belo homem beirando os sessenta. Digno de todas as circunstâncias, sempre vestido impecavelmente, usa uma *gandoura* engomada e uma boina combinando.

O costume impõe a moderação no relacionamento entre pais e filhos, ao ponto que é impossível manifestar emoção ou sentimentos. Isso explica ele não ser particularmente próximo de nós. A única prova que tenho de seu amor paterno é minha existência. Não sei se meu pai já me carregou no colo, se já me segurou pela mão. Ele sempre manteve uma distância intransponível de suas filhas. E nunca passou pela minha cabeça reclamar. Sempre foi assim e não poderia ser de outra forma. Somente aos meninos era permitido ver meu pai com mais frequência, entrar em seus aposentos, comer com ele e até mesmo, às vezes, acompanhá-lo ao mercado ou à mesquita. Por outro lado, não podiam se demorar dentro da concessão, que era território das mulheres. A sociedade muçulmana define o lugar de cada um.

Somos uma família grande. Meu pai a conduz com mão de ferro. Quatro esposas deram-lhe uns trinta filhos e, destes, os mais velhos, em sua maioria mulheres, estão casados. Baaba não suporta conflitos, cada esposa evita levar a ele pequenos incidentes ou brigas que não faltam em um lar poligâmico. Então nossa família evolui em uma atmosfera, na aparência, harmoniosa e serena.

Moramos no que se chama, no norte dos Camarões, de "concessão". Cercada por um conjunto de muros muito altos, que impedem de ver em seu interior, ela abriga o território de meu pai. Os visitantes não entram ali; são recebidos na entrada, em uma antessala que, na tradição da hospitalidade fulani, chamamos de *zawleru*. Na parte de trás, abre-se um espaço imenso no qual estão várias construções: primeiro, a imponente mansão de meu pai, o homem da família, depois o *hangar*, uma espécie de pórtico debaixo do qual recebemos os convidados e, enfim, as habitações das esposas, onde os homens não entram. Para falar com o marido, uma esposa deve passar pela coesposa da vez.

Meus cinco tios moram no mesmo quarteirão. Dessa forma, não temos uma, mas seis concessões. E se juntarmos aos cerca de trinta filhos de meu pai os outros filhos de toda a família reunida, chegamos facilmente a mais de oitenta crianças. Nós, as meninas, vivemos com nossas respectivas mães, enquanto nossos irmãos têm seus próprios quartos do lado de fora dos aposentos maternos a partir da pré-adolescência. E, é claro, meninas e meninos apenas passam uns pelos outros sem se dirigirem uma palavra.

Com sua pele clara levemente bronzeada, seus olhos amendoados e seus cabelos sedosos de um negro intenso, nos quais encondem-se poucos cabelos brancos, descendo até os ombros em belas tranças regularmente renovadas, minha mãe é uma mulher sempre muito bela, apesar de ter tido umas dez gestações. Com cerca de cinquenta anos, formas generosas graciosamente vestidas com *tangas* de cores vivas, ela vai gingando em cada passo, em um movimento de uma sensualidade tocante. Ela é agora a primeira esposa de meu pai e é completamente submissa a ele. Quando toma para si uma nova esposa, ela deseja a ele, hipocritamente, toda felicidade do mundo, rezando para que a recém-chegada não dure muito. Quando ele repudia alguma delas, ela demonstra compaixão e cuida dos filhos da infeliz. Ela goza de muita autoridade com as mulheres da família. Para meu pai, ela é seu amuleto da sorte. Desde o casamento, seus negócios melhoraram. Pois, no imaginário popular, a boa estrela de uma esposa determina a prosperidade do homem. Mas a consideração de que ela se beneficia não a poupa dos humores exaltados do esposo e não lhe garantem um tratamento melhor. Se conseguiu manter o seu lugar, isso se deve apenas à sua paciência. Ela tem a feliz capacidade de tudo aceitar, de tudo suportar e, sobretudo, de tudo esquecer... ou pelo menos finge!

Mas, sozinha, minha mãe passa seu tempo remoendo sua amargura. E hoje, mais que de costume, sente-se amarga e experimenta um terrível sentimento de derrota. Suporta cada vez menos as disputas e os golpes baixos sempre presentes na vida da concessão. Ela acusa cada uma de suas três coesposas, cujos filhos são de uma insolência intolerável, de apressar o fim de seus dias. Ela se queixa de que seus filhos mais velhos estão desempregados, lamenta pelo mau casamento das filhas e, no fundo, culpa o esposo. Ela o considera injusto, mas não quer ser repudiada. Proteção é essencial!

Eu sou diferente. Sempre fui. Para minha mãe, é como se eu fosse uma extraterrestre. Enquanto minhas irmãs se apaixonavam pelas belas *tangas* multicores que o empregado principal de nosso pai trazia todo ano para a festa do fim do Ramadã e brigavam para arrancar umas das outras a cor que lhes cairia melhor, eu chegava por último, pegava a *tanga* que geralmente ninguém queria e ia embora, com um ar entediado, de volta para meus livros. Enquanto minhas irmãs abandonavam os estudos o mais cedo possível, buscando não desobedecer meu pai, e aceitavam se casar com o homem que ele ou um de meus tios tivesse escolhido para elas, já que estavam mais interessadas nos aspectos materiais do casamento, os presentes ou a decoração de suas futuras casa, eu estava obstinada em ir ao colégio.

Eu explicava às mulheres da família minha ambição de me tornar farmacêutica, o que as fazia dar gargalhadas. Diziam que eu era louca e exaltavam as virtudes do casamento e da vida de dona de casa.

Quando eu enaltecia a realização que uma mulher encontraria no prazer de ter um emprego, dirigir seu carro, administrar seu patrimônio, elas interrompiam abruptamente a conversa e me aconselhavam a pôr os pés no chão e voltar para a vida real.

Para elas, a maior alegria seria se casar com um homem rico que as pouparia de passar necessidade, ofereceria a elas *tangas* e joias, assim como uma casa cheia de bibelôs e... empregadas. Uma vida ociosa que passariam entre os quatro muros de uma bela concessão. Pois um casamento de sucesso se mede pela quantidade de adereços de ouro que mostramos ostensivamente em qualquer oportunidade festiva. A felicidade de uma mulher pode ser medida pelas viagens à Meca e a Dubai, por seus vários filhos e pela bela decoração de sua casa. O melhor esposo não é aquele que ama, mas aquele que protege e é generoso. É inconcebível que as coisas sejam de outra forma.

Para o desgosto de minha mãe, certa de que apenas o casamento convinha a uma mulher, e para a total indiferença de meu pai, que não se interessava por nossas atividades, aconteceu de eu ser inteligente.

Era um dos empregados de meu pai que acompanhava nossos estudos, ao menos para aquelas e aqueles cujas mães eram cuidadosas e abertas o suficiente para exigir uma educação escolar. Acompanhar é modo de dizer. Ele se contentava em inscrever os menores na escola e comprar os materiais de que precisávamos.

Se passássemos para a série seguinte ou se repetíssemos de ano era completamente indiferente para ele, assim como para o resto da família. Apenas a última conquista de meu pai se interessava, pois era também a única a ter chegado ao ensino secundário.

Meus irmãos e irmãs tinham parado de ir à escola na primeira dificuldade, fosse uma nota ruim, uma reprovação de ano ou uma desavença com um professor. E isso não gerou nenhum comentário de nossos pais. Na verdade, isso era considerado uma sorte por todos os jovens da cidade. Os meninos acabavam trabalhando na loja de meu pai ou de um de meus tios, onde aprenderiam a profissão de comerciante na prática. Quanto às meninas, elas ficavam em casa, se ocupando da aparência, lendo o Corão e esperando pacientemente que nosso pai propusesse a elas um esposo. As mais sortudas, isto é, as mais bonitas, que tinham mais pretendentes, podiam escolher, desde que o eleito correspondesse às normas de Baaba — evidentemente.

Tenho dezessete anos e estou no último ano científico do ensino secundário. Por hora, sou a que tem mais instrução dentre as irmãs. Apenas meu irmão, Amadou, está na universidade, é assíduo em seus estudos e se recusa obstinadamente a trabalhar no comércio da família. Meu pai, dando a causa como perdida, diz que ele será um erudito — ou até mesmo um funcionário público — e que é bom ter um na família.

Todas as escolas do ensino secundário da cidade têm um uniforme, mas, como todas as muçulmanas, coloco por cima da minha roupa de aula, para o caso de cruzar com algum homem no caminho da escola, uma *tanga*, e cubro minha cabeça com um lenço que guardo em uma bolsa ao entrar no colégio. Desde a quinta série, vi todas as minhas amigas e colegas se casarem uma após a outra. No curso preparatório, éramos cerca de cinquenta; agora, somos apenas dez. Tanto para mim quanto para as outras, é apenas uma questão de tempo. Desde meus treze anos, vários pretendentes me fazem a corte. Eu cumpro as normas de beleza daqui: tez clara, quase pálida, cabelos sedosos e longos, traços finos. Invariavelmente, quando um deles me aborda, peço a ele para esperar. Sempre a mesma resposta, como uma ladainha.

— Sim, quero me casar com você, mas não agora! Entenda que ainda estou no colégio. Quem sabe em dois ou três anos...

O costume proíbe as meninas de recusar um pretendente. Mesmo se não estivermos interessadas, não podemos magoar um homem.

Invariavelmente, eles respondem:

— Dois anos! Mas você estará velha, meu bem. Do que vai te servir o diploma? Uma moça deve antes de qualquer coisa se casar. Estou com muita pressa para esperar dois anos. Você não está pensando direito. Então, posso falar com seu pai e pedir sua mão?

— Por favor, me dê um pouco de tempo para pensar.

— Ah! Você diz isso porque não me ama!

Tenho vontade de gritar: "Mas como quer que eu te ame? Eu nem te conheço. E nem quero te conhecer."

Mas como sou uma moça bem educada, que conhece o *pulaaku* como a palma da mão, abaixo timidamente os olhos e respondo:

— Não é isso! É claro que te amo, mas ainda assim quero esperar um pouco.

Tudo isso deixa minha mãe fora de si.

— Você é doida ou o quê, Ramla? Você está doente! Se é isso que te ensinam na escola, então você não vai mais. Qual é o problema desse? Por que você recusou o rapaz? Que vergonha! Que maldição! Jogaram um feitiço em você, tenho certeza! Que tristeza! Sua irmã mais nova, Hindou, vai se casar antes de você. Que vergonha, meu Deus! Você não tem pena de sua pobre mãe. Você quer que sua madrasta, a mãe de Hindou, me provoque ainda mais. Um homem tão jovem e tão rico! Você está exagerando! O que você quer exatamente? Você recusou os jovens e os menos jovens, os ricos e os funcionários públicos — até mesmo os monogâmicos! Eu devia dizer ao seu pai para cuidar do seu caso. Se continuar assim, não terá nem mesmo a satisfação de escolher seu esposo. Seu pai ou um de seus tios vai se ocupar disso com prazer...

Isso pode durar para sempre. Minha mãe nunca cansa de se lamentar, de se desesperar para me fazer ouvir a razão. Ela toma como testemunhas meus irmãos mais velhos, minhas irmãs casadas. Ela reclama com minhas tias. E todas essas pessoas se esforçam durante dias e dias para me fazer ouvir a razão. O novo pretendente sempre tem todas as virtudes. É o melhor para mim.

Mas um dia, para a surpresa geral, eu não recusei. Ele se chamava Aminou. Era o melhor amigo de meu irmão Amadou. Sempre vinha à nossa casa. E nós simpatizamos um com o outro. Era o único rapaz a quem eu dirigia a palavra sem sofrer a reprovação de meus irmãos, que haviam se autoproclamado nossos vigias. Estudava telecomunicação na Tunísia e queria se tornar engenheiro. Quando o pai dele pediu minha mão, meu pai não encontrou nenhuma razão para dizer não. Minha mãe estava encantada, eu não demonstrei nenhuma resistência. Enfim! E para mim era um doce sonho. Em breve ele e eu nos casaríamos. Em breve, em alguns anos, na universidade de Túnis, ele se tornaria engenheiro e eu, farmacêutica. Seríamos felizes. Longe de tudo. Longe daqui!

Meus sonhos não duraram muito tempo. Quando tio Hayatou informou ao meu pai que o maior parceiro de negócios deles havia pedido minha mão e que ele havia concordado, meu pai não apenas anuiu, mas o agradeceu calorosamente. De fato, Hayatou, o mais rico dos irmãos, zelava pelo bem-estar da família e, por isso, era respeitado. Meu pai nunca pensaria em se opor a uma decisão do irmão em relação aos próprios filhos. Eu não era filha só de meu pai. Era filha da família toda. E cada um dos meus tios podia dispor de mim como de uma de suas filhas. Estava fora de questão que eu não estivesse de acordo. Eu era filha deles. Tinha sido educada de acordo com a tradição, iniciada ao respeito estrito que devia aos mais velhos. Meus pais sabiam melhor que eu do que eu precisava.

Minha mãe foi encarregada de me dar a notícia. Eu bem que tinha percebido durante a noite que ela ruminava alguma preocupação. Ela esperou até tarde da noite para que a concessão estivesse mergulhada na escuridão para me acordar delicadamente. Ela não queria que nossa conversa caísse em ouvidos indiscretos. Suas coesposas, rivais obstinadas, viviam esperando a hora de apontar suas falhas. Não poderiam suspeitar que ela ou os filhos dela tivessem problemas. Também ela não poderia lhes mostrar nada que incitasse a inveja, pois poderiam correr ao feiticeiro mais próximo para desfazer rapidamente a nova alegria.

A gravidade de seu rosto me fez temer o pior. Assim, me levantei de um salto.

— Mãe, o que está acontecendo?

— Nada grave, pelo contrário. Só alegria! *Alhamdulillahi!*[18] Sua sorte está despertando. Enfim, poderei levantar a cabeça com orgulho e isso, graças a você. Enfim, minha dignidade está assegurada. Mas não estou muito surpresa. Eu sabia que você teria uma vida excepcional.

— O que aconteceu?

— Seu tio Hayatou deu sua mão a outro homem. Você não vai mais se casar com Aminou. Seu pai me pediu para te contar.

— Quem é ele?

— Alhadji Issa! O homem mais importante da cidade. Você tirou a sorte grande. Minha única inquietação é que ele já tem uma esposa. Preferia te poupar da poligamia, pois sofro com ela todos os dias. Mas, de qualquer forma, quando você não encontra uma mulher ao entrar no lar, você é fatalmente surpreendida por outra, mais cedo ou mais tarde. Melhor encontrar uma do que esperar outra! Uma notícia que deixará pálidas de inveja esse bando de lobas. Já vou começar a pensar em como te proteger dessas bruxas das suas madrastas.

— Mas, Diddi, eu não conheço ele!

— Mas ele te conhece. Ao que parece, ele insistiu muito em se casar com você. Seu pai está muito orgulhoso, sabe?

— Mas eu amo Aminou! É com ele que quero me casar.

— O amor não existe antes do casamento, Ramla. É hora de colocar os pés no chão. Não estamos entre brancos aqui. Nem entre os hindus. É por isso que seu pai não queria que vocês assistissem a todos esses canais de televisão! Você vai fazer o que seu pai e seus tios disserem. Além do mais, você lá tem escolha? Evite problemas inúteis, minha filha. E para mim também, pois, não se iluda, a menor desobediência sua recairá sobre minha cabeça.

Ela continuou por muito tempo no mesmo tom, enxugando os olhos de vez em quando, enquanto eu chorava desesperadamente, abafando o ruído de meus soluços no meio de minhas *tangas*.

— É inútil ficar assim. Eu repito: você tem sorte, e eu também. Acredite na minha experiência de mulher. Você é muito jovem para entender a importância dessa aliança. Em um casamento, não se busca apenas o amor. O mais importante para uma mulher é não ter que passar necessidades. Ser protegida, adulada. Além do homem, é antes de tudo o pai de seus futuros filhos que você deve ver em um possível marido. A nobreza, a família, o comportamento, a situação social dele. Então, enxugue os olhos e volte para a cama. Agradeça a Alá. Ele está te dando a melhor das oportunidades. E, sobretudo, não demonstre o menor sinal de descontentamento na presença das outras mulheres da família. Se o seu destino é se casar com ele, você não vai escapar. Se seu destino for outro, ainda assim você não pode mudar nada. Tudo está nas mãos do Criador. Vamos rezar para que Ele te conceda o melhor.

Poucos dias depois desse anúncio, meu tio Hayatou mandou me chamar para que eu me encontrasse com o homem que, aparentemente, tinha me notado no desfile escolar da festa da juventude e tinha decidido fazer de mim sua segunda esposa. Ele ocupou seu lugar sem cerimônias na sala de estar de meu tio. Vestido com uma rica *gandoura*[9] com bordados chamativos, era a encarnação da opulência. Ele não parava de sorrir e me encarava sem incômodo. Sentei-me longe dele, na ponta do tapete, e mantive a cabeça baixa. Não levantei os olhos para encará-lo nenhuma vez. Além da boa educação, que exigia que eu me contivesse, havia em mim um desejo de revolta recalcado. Eu não o tinha escolhido. Não me davam o direito de aceitá-lo ou recusá-lo. Então, era indiferente que ele me agradasse ou não. O objetivo desse encontro era a satisfação dele. Para que pudesse me contemplar à vontade e confirmar as primeiras impressões furtivas.

Eu permanecia muda e não respondia às perguntas dele. Certamente, seria preciso mais que isso para acabar com sua motivação, pois ele falava por dois!

— Esses jovens que te fazem a corte — começou a falar — não passam de canalhas. Eles bebem, fumam, se drogam. Pelo menos comigo, você será uma grande dama e terá tudo o que desejar. Veja! Vou levar você à Meca esse ano e, como você tem instrução, você vai comigo em minha próxima viagem à Europa. O casamento vai acontecer em breve. Eu queria que fosse ainda mais rápido, mas entendo que você queira terminar o ano escolar. Você está no último ano, isso é muito bom! Você é uma intelectual que poderei apresentar nas cerimônias oficiais. Você vai me honrar, isso é ótimo!

Ele continuou por muito tempo seu monólogo. Não pedia minha opinião. Era inimaginável que eu pudesse não querer me casar com ele.

Sim, isso seria inconcebível.

Qual moça ousaria recusar um homem tão importante? O negócio estava fechado. Ele já tinha conversado com meu tio. O resto era apenas pura formalidade.

Meu pai, incomodado com o desenrolar dos eventos — não gostava de faltar com a palavra dada —, informou a família de Aminou.

— O destino decidiu de outra forma — afirmou.

E, magnânimo, propôs a Aminou que escolhesse outra filha. Zaytouna! Minha meia-irmã tem apenas alguns meses a menos que eu. Ou então Jamila! Sim, minha irmã de mesma mãe. Ela é um ano mais nova e nós nos parecemos como duas gotas de água. Por que não ela? Ou então qualquer uma das filhas de meus tios. Tem ainda umas dez prontas para casar...

Escandalizado e louco de raiva, Aminou rejeitou com firmeza a proposta de trocar de noiva. Acompanhado de seu amigo Amadou, tão decepcionado quanto ele, insistiu em ver nosso pai para convencê-lo de voltar atrás em sua decisão.

Quando este viu os dois jovens, fechou o semblante, irritado, então disse categórico:

— Mas será possível, Aminou? Há dias você me importuna — com a cumplicidade de meu próprio filho, ainda por cima. Eu já te disse tudo o que tinha para dizer. Você acha que se comportando dessa forma me fará mudar de opinião? Já disse para escolher outra das minhas filhas. Diga qual você quer, antes que eu mude de ideia. Você está envergonhando seu pai e toda sua família.

— Não quero outra de suas filhas. Pedi a mão de Ramla e você me concedeu. Não fiz nada de errado para que o senhor voltasse atrás com sua palavra.

— Meu irmão já tinha dado a mão dela a outro. Entenda de uma vez que o destino decidiu dessa forma.

— Eu já tinha me entendido com Ramla.

— Ramla é uma moça. E muito bem educada. Vai se casar com quem mandarmos.

— Mas, Baaba — interrompeu Amadou. O mundo mudou! As mulheres têm o direito...

— Saia já daqui, seu insolente! Estou de olho em você. Ponha-se no seu lugar, Amadou! Deve estar louco de vir me falar de direitos das mulheres! Onde está sua vergonha? Sua boa educação? O que você quer me ensinar? Além disso, ainda ousa me contrariar! Que falta de educação! Que afronta! Saiam daqui agora. Chega dessas bobagens. E você, Aminou, entenda de uma vez por todas. Você não se casará com Ramla. Você tem que esquecê-la para sempre!

Os jovens, apoiados por alguns colegas, organizaram estrondosas manifestações pela cidade, ressaltando como um velho deveria ter vergonha de disputar a noiva prometida a outro mais jovem. Fizeram tanto barulho que meu tio Hayatou se irritou e mandou os mais agitados para trás das grades, para acalmar os ânimos. Furioso com o comportamento de Amadou, que ousou desafiá-lo publicamente, temendo que toda essa agitação fizesse Alhadji Issa mudar de ideia e inquieto com o desenrolar dos acontecimentos, meu pai convocou meus tios Hayatou e Moussa e fez com que eu me sentasse na sala na presença deles, no mesmo tapete, ao lado de minha mãe, que também fora convocada.

Consciente de que não fora convidada para uma noite agradável, minha mãe ficou tão angustiada que parecia prender a respiração, os lábios franzidos. Meu pai, majestoso em sua poltrona, com uma frieza implacável, encarou-nos por muito tempo antes de se dirigir à minha genitora com arrogância:

— Dadiyel, sei que você não é insubmissa. Como seu filho ousa me envergonhar na cidade inteira? E sua filha? É verdade que ela diz em alto e bom som amar aquele canalha? Espero estar enganado, Ramla.

Não digo nada e abaixo a cabeça. Mas começo a chorar em silêncio. Ele continua:

— Você terá coragem de me desafiar, imprestável? Você terá coragem de humilhar meu irmão pela generosidade de ter encontrado para você um marido que, no fim das contas, você nem merece? — disse ele levantando a voz, com muita raiva. — Aí está o resultado de deixar as moças muito tempo no banco da escola. Elas acham que têm asas e querem se meter em tudo. O casamento não é uma questão de sentimento. Pelo contrário. É uma questão de responsabilidade, de honra, de religião — e de tudo o mais.

Meu pai tentava com todas as forças reprimir sua raiva. Já tinha casado uma dezena de moças sem maiores problemas. Por isso, minha revolta, apesar de discreta, o irritava profundamente. Uma exasperação ainda maior uma vez que o que estava em jogo nesse casamento ia além de uma simples união conjugal. Ele retomou, dirigindo-se à minha mãe:

— Se sua filha ou seu filho pronunciarem mais uma só palavra atravessada, eu te repudio. Não! Pela cabeça de meus irmãos aqui presentes, eu te repudio três vezes ao invés de uma.[10] Acho que fui mais do que paciente até aqui. Está claro?

— Eu lhe asseguro, Alhadji, não é minha culpa. Falei com nossos filhos o quanto pude. Eles simplesmente não me escutam.

Meu tio, muito tenso, se levantou e reafirmou:

— Se não escutam a própria mãe, é porque são filhos malditos. Ramla, se uma só palavra negativa sobre Alhadji Issa sair de sua boca, eu mesmo irei lhe ensinar o pudor e a moderação que convêm a uma moça bem educada. Você não passa de uma ingrata. Já te faltou alguma coisa? Quem foi que a matriculou na escola? Você nem se dá conta de que, por causa de seu comportamento e do comportamento dos canalhas dos seus amigos, você põe em risco os meus negócios e os do seu pai. Logo você que todos diziam ser inteligente. Você quer que esse político fique bravo e os impostos caiam sobre nós? Você quer que nosso principal fornecedor se negue a vender para nós? Será que o que você quer é nos ver arruinados?

— Não! — disse com uma voz que mal podia ser escutada, sentindo minhas convicções se esvaindo.

— Então exijo que se comporte como uma moça direita. Essa noite meu empregado vai levar alguns catálogos de móveis para você escolher. Espero que você coopere e escolha coisas bem bonitas para sua futura casa. Não quero você de cara triste na frente de sua futura coesposa. Vou te dar todos os móveis para o seu casamento. Agora pode ir.

Saí sem dizer mais nada, deixando minha mãe encolhida em um canto. Atrás de mim, escutava meu pai e meu tio dirigirem seus sermões a ela. A partir de agora, ela pagaria pelos nossos erros. Era a pior chantagem que podiam fazer a meu irmão Amadou e a mim. Xeque-mate! Estava terminado! Eu tinha entendido.

Aminou caiu em depressão. Não comia nem tomava banho mais, perambulava ao longo do dia com uma melancolia sem fim. Aterrorizado pela ideia de que o filho perdesse a razão, o pai o mandou de volta para a Tunísia. Já Amadou foi convencido a se calar de uma vez por todas com a ameaça de ser mandado novamente para trás das grades e, dessa vez, não apenas por um dia. De qualquer forma, ele não poderia expor nossa mãe ao risco de ser repudiada. Na verdade, todos os dias somos testemunhas das injustiças sofridas por nossos irmãos cujas mães são repudiadas e não teríamos coragem de colocar nossos irmãos consanguíneos mais novos na mesma situação. Estava acabado. Aminou tinha ido embora. E eu tinha ficado. Estava sozinha diante da perspectiva de um casamento com um desconhecido. Sozinha com minha angústia. Sozinha com minhas lágrimas. Não me restava mais nada, além de chorar por minhas ilusões perdidas. E minha mãe não conseguia mais esconder a raiva que sentia de Aminou, que tinha não apenas tirado meu irmão do caminho justo, mas também embaralhado o juízo da filha. Ela inventava toda sorte de defeitos para ele. Dizia que era mulherengo e que, certamente, bebia e fumava. Além do mais, Alhadji Issa tinha todas as qualidades. Era rico e eu teria tudo que quisesse; era político, eu seria respeitada e reconhecida; era mais velho, então eu conseguiria manipulá-lo ainda melhor; tinha mulher e filhos, certamente era mais sério. Ao longo do dia, só ouvia falar de meu casamento que se aproximava. Era bombardeada por todos os lados. Nunca em toda minha vida tinha me sentido tão sozinha. O cerco estava se fechando. Ninguém se dava ao trabalho de perguntar se eu estava feliz ou triste. A única coisa que contava para eles era a cerimônia extraordinária que devia acompanhar um casamento digno desse nome. A excitação tomava conta de todos os bairros da cidade. Eu era o novo assunto de Maroua. A mais cobiçada das moças. Eu tinha conseguido deixar louco de amor um homem conhecido por sua riqueza, seu rigor e sua exigência com as mulheres. Tinha mesmo conseguido a dupla façanha de tornar polígamo um monogâmico incondicional. E, mais incrível ainda, tinha conseguido tirar a atenção dele da esposa, bruta e possessiva, e que, de acordo com os rumores, era cliente fiel de todos os feiticeiros da cidade e dos entornos. Quer dizer: eu era quase uma heroína!

À boca pequena, as mulheres da família falavam do casamento como um dever do qual não podemos escapar. E se, por um descuido, eu falasse de amor, me chamavam de louca, diziam que eu era egoísta e fútil, que não tinha coração e que não tinha senso de dignidade. Eu era bonita e não devia correr atrás do meu futuro marido. Era ele quem deveria fazer de tudo para me merecer. Minha tia repetia todos os dias:

— Não se case com quem você ama. Se você quer ser feliz, deve se casar com quem te ama!


Mais ninguém me ameaçava. Já tinham dito tudo o que havia para dizer. Esperavam apenas que eu fosse digna e me curvasse às tradições. Eu nem era mais um problema. Tinha apenas que obedecer. Nem meu pai nem meu tio pensaram em me dizer outra coisa. Apenas estabeleceram uma data. A data que me acorrentaria para sempre.

Foi Goggo Nenné quem me trouxe a informação.

Não chorei, nem contestei. Já estava morta por dentro. Eu tinha sorte, ela me disse sorrindo. A lista de pretendentes dispensados já estava muito longa. Quase viro uma solteirona! Cabia mesmo ao pai escolher o esposo da filha. Foi assim com minhas seis irmãs mais velhas, com minhas primas, com minha mãe e até mesmo com ela, minha tia. Comigo não seria diferente! Eu deveria andar com dignidade como todas as outras que vieram antes de mim. Mais uma vez, eu tinha muita sorte. Concederam-me o tempo necessário para fazer meu exame e a oportunidade de ter um diploma, mesmo que não me servisse para nada. Pelo menos teria a honra de dizer que tinha me formado. O casamento aconteceria logo após o exame. Eu tinha muita sorte! Meu pai e meu noivo levavam em conta minhas ambições. Eu tinha mesmo muita sorte, repetiu minha tia Nenné.

A data de meu casamento foi fixada para as férias seguintes, no mesmo dia do casamento de minha irmã Hindou com Moubarak, nosso primo. Enquanto esperava, poderia continuar indo ao colégio e me preparar para meu exame.

V

Com a data do casamento marcada, eu atravessava o dia com um abandono e um mutismo que nada nem ninguém era capaz de pôr fim. Não comia mais, não ria mais. Emagrecia a olhos vistos. Foi sem convicção que fiz o exame e com total indiferença que soube do bom resultado.

Então começaram os preparativos para o casamento. Uma mulher veio especialmente do Chade, às custas de meu noivo. Ela começou me depilando completamente com cera. Dia e noite, ela cobria meu corpo inteiro com *dilké*. À base de batata, arroz, óleo e aromas inebriantes, essa massa negra e úmida com um cheiro forte serve de esfoliante. Após meia hora de pausa, ela me massageou por muito tempo antes de recobrir todo o meu corpo com um óleo vegetal perfumado com cravo e tingido com cúrcuma. Fosse outro o contexto, eu sentiria prazer com tais cuidados.

Em seguida, a mulher colocou brasa em um recipiente, cobriu com lascas de acácia recolhidas com essa finalidade e me obrigou a me incensar durante uma hora. Com uma coberta bem grossa, eu transpirava muito no calor horrível daquela sauna improvisada, que serviria para deixar minha pele mais luminosa e a tez mais clara. Um ritual herdado do Sudão, via Chade. Presa no quarto de minha mãe, devo permanecer escondida. Minha esteticista, muito jovial, me elogia sem parar:

— De verdade, Ramla, que beleza! Sua pele está cada vez mais macia. E seu corpo, perfumado. Até mesmo o seu suor, durante vários meses, terá cheiro de madeira de acácia e sândalo. Alhadji Issa não vai resistir, você vai ver. Vai te dar tudo o que uma mulher pode querer. Vai ser difícil para a sua coesposa concorrer com você! Isso se ela tiver coragem de ficar por lá. Sim, minha querida, é o que eu te digo. Acredite na minha experiência! Ele será como uma marionete em suas mãos. Você será feliz!

Eu não respondo. O que dizer a essa estranha que me considera a oitava maravilha do mundo? Por que se casar com um homem rico seria o ápice da felicidade? Como fazê-la compreender, sem ofendê-la, que nem me importo com esse homem?

Na véspera do casamento, ela termina o trabalho passando um dia inteiro a tatuar meus braços, minhas pernas, meu busto e até minhas costas com desenhos de hena negra. Em minha pele clara, os desenhos escuros oferecem um belo efeito. E ela ainda põe, aqui e acolá, as inciais do meu prometido!

Ela não é a única a me preparar para o casamento, meu pai também participa — de outra forma. Ele traz, para meu banho, cascas de árvore para me proteger do mau-olhado, *gaadé* para me dar charme, folhas de incenso para me proteger dos *djinns*[11] maus. Ele pede aos *marabouts*[12] que escrevam milhares de versos do Corão em placas, que, em seguida, são lavadas. Depois, eu bebo essa água abençoada, sob a vigilância estrita de minha mãe, a fim de me tornar agradável a esse esposo que eu não quero e para me proteger dessa coesposa que me é imposta.

Dois dias antes da data fatídica, tento um último recurso com minha mãe, que vem me fazer companhia:

— Diddi, se você me obrigar a me casar com ele, eu vou me suicidar!

— Se você se suicidar, vai direto para o inferno e se você continuar com essa história, eu juro que vou ter uma crise nervosa. Eu vou morrer — e vai ser sua culpa. Na melhor das hipóteses, serei repudiada. É isso que você quer? Se ainda fosse só por mim. Mas e seus irmãos mais novos? Suas irmãs mais novas? Eles são muito pequenos para viverem sem um protetor nesse covil de lobas. Você está disposta a sacrificá-los por uma suposta felicidade? Você não está indo para o inferno, Ramla. Pelo contrário. Você vai se casar com um homem ao lado do qual nunca lhe faltará o que comer ou o que vestir e terá mais bens do que pode desejar. Veja sua meia-irmã Maïmouna. O esposo dela mal consegue suprir o necessário e ela precisa esperar que seu pai a alimente e lhe dê o que vestir. É isso que você quer viver? Eu nunca deixaria que você vivesse na pobreza.

— Você não me entende, Mãe! Eu quero dizer...

Ela me interrompe com um gesto com a mão, baixando ainda mais a voz. Uma ruga profunda marca sua testa ainda lisa.

— Você deve entender de uma vez por todas que suas decisões não influenciam apenas a sua vida. Cresça, pelo amor de Deus! Foi a mesma coisa comigo, com suas tias, com todas as mulheres da família. O que você quer provar? Suas irmãs mais novas já correm o risco de não serem matriculadas na escola por sua culpa. Você, com esse seu comportamento, deixou as pessoas pensando que o estudo é uma coisa ruim. Controle-se, Ramla. Fique feliz com seu destino e agradeça a Alá por não te dar um destino pior. Você preferia se casar com seu primo Moubarak, aquele canalha?

— É claro que não! — digo com uma voz surda.

— Acredite em mim, a mãe de Hindou daria tudo para que a filha se tornasse esposa de Alhadji Issa. Por que você quer nos humilhar a qualquer custo?

— Eu nunca seria capaz de te humilhar, Diddi. Você não está me entendendo. Todo mundo diz que eu tenho que aceitar esse casamento. Mas e eu, o que eu sinto não conta? Quem se preocupa comigo? Não quero me casar. Queria continuar estudando.

— Você já concluiu os estudos. Você não estaria se casando se tivesse ficado em casa. Seu pai jamais permitiria que você fosse para a universidade. Nem aqui, nem em qualquer outro lugar.

— Foi por isso que tinha aceitado me casar com Aminou. Com ele eu poderia continuar. E eu o amo.

— Seu amor é impotente e inútil, porque não é recíproco — disse impiedosamente. — Chega de caprichos de uma vez por todas, se não, deixarei de me preocupar com você! Não tem dignidade, Ramla? Você se esqueceu do senso de honra que ensinamos?

— Como você sabe se Aminou me ama ou não?

Ela dá uma gargalhada triste:

— Se ele ama você, como prefere acreditar, então me diga: onde ele está?

Na véspera do casamento, Alhadji Issa enviou dezenas de sacos de noz-de-cola e de caixas de balas e doces para a cerimônia, a que chamamos de *tégal*. Eu não conseguia mais dormir. Não parava de revirar as mesma imagens em minha cabeça. O mais difícil seria esquecer Aminou. Será que conseguiria um dia? Será que eu tinha mesmo vontade de esquecê--lo? A lembrança dele era viva e doce. Sentia-me sozinha. Minha mãe, se soubesse do meu desespero, diria que tudo aquilo era criancice e que, assim que estivesse casada, ficaria mais feliz com minha sorte. Mas que, sobretudo, eu devia entender que era meu destino e "diante do destino, não podemos fazer nada", ela afirmava. Pois não era verdade que, em breve, eu seria a esposa do homem mais rico da cidade?

Sim, era um destino com o qual toda mãe sonhava. Um destino capaz de fazer empalidecer de inveja todas as coesposas de minha mãe! Bastava se lembrar dos lampejos de cobiça de minhas madrastas e meias-irmãs ao verem o carro reluzente de novo que meu noivo me deu uma noite como primeiro presente de casamento.

A ansiedade me torturava. Não conseguia ficar no lugar. Sufocava. Eu tinha chorado tanto que meus olhos estavam vermelhos e minhas pálpebras inchadas. As lágrimas de uma jovem noiva refletem apenas sua nostalgia pela juventude perdida, pela inocência que se acaba e pelas responsabilidades por vir. Elas apenas expressam seu apego à família e o medo de entrar em um lar estrangeiro.

Tarde da noite, cansada de remoer minha amargura, subitamente senti a necessidade de sair daquele quarto austero. Eu queria ver a lua, contemplar as estrelas. Certamente vou vê-las novamente de onde estarei, mas ainda terão o mesmo brilho? E quanto ao ar? Será sempre tão puro? E o doce zumbido do vento entre as folhas de nogueira? Também será carregado com aromas frescos e delicados? E a areia sempre será tão macia sob meus pés?

A casa inteira dormia. Minha mãe acabou por desabar no pequeno divã da sala, vencida pelo cansaço. Várias mulheres estavam passando aquela noite na casa. Algumas delas dormiam até no tapete. Com medo de acordá-las e, sobretudo, que me surpreendessem e me fizessem voltar, passei por elas silenciosamente.

Como aproveitar essas últimas horas de liberdade? E pensar que, no dia seguinte, nessa mesma hora, estarei dividindo a cama com um desconhecido... Um homem que deixaria correr suas mãos em minha pele preparada para seu bel-prazer, espreitaria as tatuagens feitas para seduzi-lo, sentiria o perfume dos incensos e teria o direito de me possuir por completo, sendo que não o amo e que amo outro homem. Como aceitar que deixarei minha casa e minha família para pertencer a outro? Se, pelo menos, tudo isso chegasse ao fim amanhã! Mas o casamento não se resume à cerimônia, ele dura uma vida inteira.

A noite estava calma, fresca para a estação, e o céu pontilhado com milhares de estrelas. A lua iluminava a cidade, que podia ser vista como se estivesse à luz do dia. Eu preferia que a noite estivesse escura, tão assustadora quanto a angústia que me dava um nó na garganta e me embrulhava o estômago. Estava acabado, nunca mais poderia sair quando quisesse, nunca terminaria meus estudos, estavam acabados meus sonhos de ir à universidade. Prisioneira em uma gaiola de luxo, nunca seria farmacêutica.

Nunca tinha me sentido tão sozinha.

No momento em que voltava ao pátio comum, notei Hindou. Ela estava diante dos aposentos da mãe.

Nunca fomos próximas como irmãs devem ser, apesar de termos nascido no mesmo ano e de termos entrado na escola juntas. Nos primeiros anos de inocência, ela foi minha melhor amiga. Mas, à medida que crescíamos, cada uma tomou partido da própria mãe nas desavenças que as opunham sem trégua.

Mas, naquele dia, dividíamos o mesmo destino. Hindou relaxou a desconfiança que tinha de mim. Atormentada, levantou em minha direção o rosto escurecido por largas olheiras que denunciavam repetidas noites em claro. Ela me fez um sinal com a mão e me levou para fora, dentro da grande cozinha. Panelas enormes de molho de carne borbulhavam nas brasas, prelúdio da festa da manhã que se anunciava. O lugar ainda estava calmo, pois a aurora mal despontava. Hindou tremeu apesar do calor que reinava, esfregou as mãos uma contra a outra e as aproximou do fogo. Virando as costa para mim, perguntou com uma voz surda:

— E então? O que você está achando de se casar hoje? Está com medo?

— Estou triste. Por que a pergunta? Você está com medo?

Ela se virou em minha direção e, para minha grande surpresa, uma torrente de lágrimas brotou dos seus olhos. Preocupada com minha própria sorte, não pesei a situação de minha irmã. Eu pensava que ela estivesse de acordo com o noivo, que era o filho de nosso tio Moussa, e que estivesse apaixonada por ele. De qualquer modo, achei que tinha mais sorte que eu.

Moubarak mal tinha completado vinte anos e não era feio. Pelo contrário!

— Eu tenho medo dele — ela murmurou.

— Medo? Mas por quê?

— Você não ficou sabendo do problema que ele teve antes que seu pai pedisse a minha mão?

Moubarak tinha caído no álcool e não conseguia esconder. Bastava sentir o hálito fétido para saber o que esperar. Há algum tempo, ele não saía mais de manhã e só era visto de tarde ou à noite. Ele ignorava o pai depois que este se negou a dar-lhe capital para se lançar no comércio de sapatos em Duala. Meu tio não acreditava em negócios no litoral e já havia lhe dado capital há alguns anos, quando Moubarak quis se lançar no comércio de madeira, como o tio Yougouda. Tudo fora gasto com mulheres, boates e roupas. Pior, ele não só se tornou alcoólatra, como também começou a se drogar com Tramadol, um poderoso analgésico que estava devastando o povo de Maroua. Todos esses rumores permaneceram sem consequência até o dia em que Moubarak, completamente bêbado, abusou da jovem doméstica de sua mãe. Sem defesa, a adolescente foi pura e simplesmente enviada de volta à sua cidade e recebeu, como única compensação, uma nota de cinco mil francos. Quanto a Moubarak, seu pai decidiu que havia chegado o momento para que ele constituísse família. Para isso, não foi buscar muito longe: Hindou estava na idade de se casar e, entre nós, era admirada por sua personalidade tranquila e submissa. Era perfeita! A calma dela poderia canalizar o excesso de energia de Moubarak. Os pais dos dois jovens validaram a decisão sem consultar os protagonistas.

Hindou continuou:

— Um dia, ele me levou para o quarto dele e tentou me beijar!

— O quê? — disse escandalizada. — E o que você fez? — continuei exaltada.

— Eu o empurrei, é claro, mas ele me puxava pelo braço. Então, o mordi até tirar sangue e consegui fugir, mas ele prometeu se vingar de mim na noite de núpcias. Oh, meu Deus, Ramla, estou com tanto medo!

— Você não contou para sua mãe?

— O que você queria que eu falasse para ela? Isso não é coisa que se fale com a mãe, você sabe.

Hindou soluçava. Sentia-me desarmada diante de tamanho desespero.

— Ramla, eu preferia me casar com Alhadji Issa do que com Moubarak. Ele é um canalha. Tenho medo dele! Você tem muita sorte.

A casa já começava a se levantar. Estava na hora de nos prepararmos para o dia mais importante de nossas vidas.

Quando os convidados se reuniram, o imame entrou segurando uma placa na qual estavam escritos os últimos versos do Corão. Ele fez Hindou repetir os versos sagrados, depois eu o fiz. Todas as mulheres ao nosso redor choravam. Cada uma delas revivia, por meio de nós, a própria angústia e desilusão, o que só fui capaz de compreender anos mais tarde. Quando o marabô foi embora, tendo concluído sua tarefa, um griô se levantou e começou a declamar por três vezes com uma voz estridente:

— Ó ilustres pessoas! É Alhadji Issa, filho de Alhadji Hamadou, que se casa com Ramla, filha de Alhadji Boubakari. O montante do dote é de dez cabeças de boi, já entregues, não a crédito. Todos nós ouvimos! Sejam testemunhas. Deus faça com que seja uma alegria!

Após uma curta prece, meu casamento foi selado.

O de Hindou se seguiu alguns minutos mais tarde, com o mesmo ritual.

— Ó ilustres pessoas! Outro *tégal!* É Moubarak, filho de Alhadji Moussa, que se casa com Hindou, filha de Alhadji Boubakari. O montante do dote é de duzentos mil francos, já pagos, não a crédito. Todos nós ouvimos! Sejam testemunhas. Deus faça com que seja uma alegria! E que Ele conceda a todos uma descendência abençoada e uma imensa riqueza!

Depois foi a festa com dezenas de cavalos, com griôs cantando louvações ao som de tambores, com danças, em torno de um banquete colossal. Excluídas de todos esses prazeres, as mulheres escutavam do interior de seus aposentos, tentando adivinhar os passos de danças ou as letras das músicas. No quarto, onde Hindou e eu passávamos o dia esperando a grande partida, as moças do colégio e da família escutavam a música e dançavam. Hindou demonstrava uma serenidade que me surpreendeu, e até mesmo um leve sorriso. De tempos em tempos, eu cruzava seu olhar. Poderiam até mesmo pensar que ela era uma noiva feliz, e eu a admirava por seu autocontrole. Quanto a mim, estava perplexa. Como era possível? Estar casada com um homem de cinquenta anos, logo eu, que era a moça mais bonita, mais inteligente, mais risonha da cidade?

*Ó meu pai!*
> *Eu não posso compreender. Seus negócios são*
> *prósperos como os de meu tio, então por que*
> *me sacrificar por uma ambição maior? Há*
> *tantas mulheres na família que ficariam felizes*
> *de estar no meu lugar, então, por que eu?*

*Ó meu pai!*
*Você tem tantos filhos, mas é cômodo ter*
*filhas... É tão fácil se livrar delas.*

*Ó meu pai!*
*Você diz conhecer o islã na palma da mão. Você nos*
*obriga a usar o véu, a respeitar nossas tradições...*
*Então, por que ignora deliberadamente o preceito*
*do Profeta que determina que é obrigatório o*
*consentimento de uma mulher para o casamento?*

*Ó meu pai!*
*Seu orgulho e seus interesses sempre vêm*
*em primeiro lugar. Suas esposas e seus filhos*
*são apenas peões no seu xadrez da vida,*
*a serviço de suas ambições pessoais.*

*Ó meu pai!*
*Seu respeito à tradição está acima das nossas*
*vontades e dos nossos desejos, pouco importam*
*os sofrimentos causados por suas decisões.*

*Ó meu pai!*
*Será que você já nos amou? "Sim", você dirá,*
*e que faz tudo isso para o nosso bem. Pois*
*somos moças, o que sabemos da vida? Como*
*poderíamos escolher nossos esposos? Mas se*
*você nos considera incapazes, talvez seja porque*
*ainda não temos idade para nos casar.*

*Ó meu pai!*
*Eu entendo, moramos em uma cidade hostil à mudança, onde devemos nos adaptar à tradição, mas essa é a única razão de sua escolha? Você imaginou por um só instante que poderia estar enganado?*

*Ó meu pai!*
*Não consigo nem mesmo sentir raiva de você. Para o meu maior azar, sou uma mulher. Eu nunca poderia, como um rapaz, me refugiar em seu colo ou chorar em seu ombro. Isso não se faz. Uma moça não pode se aproximar de seu pai, uma moça não pode beijar seu pai.*

Os olhos dele não transpareciam nenhuma saudade, nenhum arrependimento. Apesar de minha amargura, gostaria de ter reconhecido ali alguma afeição, agora que chegava a hora de deixá-lo. Gostaria de ter gritado para ele meus sentimentos.

E você, minha mãe! É pela segurança e pelo orgulho que você me sacrifica. Quer fazer de mim uma mulher rica. Quer me ver ao volante de um carro, quer que eu seja adulada e respeitada. Você quer manter seu nível diante de suas coesposas e me usa para isso. Você me ama, me admira. Sou sua filha e sou perfeita. Mesmo contra a minha vontade, devo ser perfeita e invejada.

*Ó minha mãe!*
*Sinto raiva de você. É claro que me ama! Mas me amou errado. Não foi capaz de me compreender nem de me defender. Não ouviu meu grito de desespero. Você me abandonou. Mas continua sendo minha mãe. A pessoa que mais amo no mundo.*

*Ó minha mãe!*
*Sinto-me culpada por te fazer sofrer. Sempre tentei ser quem você sonhava que eu fosse. Nunca consegui. Você gostava de comparar a calma de Hindou à minha turbulência. Você conseguiu fazer de mim uma pessoa complexada e insatisfeita. Eu tinha que ser a melhor, a mais inteligente, a mais bonita. Eu tinha que ser o seu sonho. Sua filha! Sua esperança! Você vivia repetindo que eu era a causa indireta de seus sofrimentos, mas também de suas alegrias. E sempre esteve ao meu lado. E eu precisava sempre garantir que você não tivesse motivo para se arrepender.*

*Ó minha mãe!*
*Como é duro ser uma mulher, ter que dar o bom exemplo, sempre obedecer, sempre se controlar, sempre ser paciente!*

*Ó minha mãe,*
*eu te amo tanto, mas, hoje, tenho raiva de você.*

Ó minha mãe,
   preste atenção! Olhe para mim. Pareço feliz como qualquer noiva deveria estar?

E você, mãe,
   está feliz como a mãe de uma noiva? Então por que as lágrimas que você volta e meia enxuga? Por que a maquiagem exagerada de hoje, se você nunca se maquia? Por que esses olhos tristes por trás do khôl preto?

À noite, minhas tias prepararam a água que devia, de acordo com o costume, servir para nosso banho. Elas colocaram um punhado de hena, perfume e noz-de--cola. Em seguida, nos vestiram com um tecido rico e brilhante, nos maquiaram levemente e nos ornaram com ouro e joias. Elas nos aspergiram com perfume e, finalmente, nos cobriram com grandes mantos negros bordados e decorados com pedras brilhantes. Um capuz cobria completamente nossos rostos.

Procurava minha mãe com o olhar, mas ela estava invisível, assim como a de Hindou. Em mais um instante, nossas tias nos levariam aos aposentos de nosso pai, de onde sairíamos apenas para entrar nos carros que nos aguardavam.

Nossas respectivas mães escolheram não se despedir de nós. Será que foi para melhor esconder as lágrimas e o desespero?

١.

Os conselhos habituais que um pai dá a sua filha na hora do casamento e, indiretamente, a todas as mulheres presentes, a gente já sabia de cor. Eles se resumiam apenas a uma única recomendação: sejam submissas!
Aceitar tudo de nossos esposos. Eles têm sempre razão, eles têm todos os direitos e nós, todos os deveres. Se o casamento for bem-sucedido, o mérito será de nossa obediência, de nosso bom humor, de nosso comprometimento; se fracassar, será apenas nossa responsabilidade. A consequência do nosso mau comportamento, do nosso caráter execrável, da nossa falta de compostura. Para concluir: paciência, *munyal*, diante das provações, da dor, das penas.
— *Alhamdulillah!* — disse meu pai.
É bem sabido que uma moça pode conduzir seu pai ao inferno. Dizem que cada passo de uma moça púbere não casada é contabilizado no grande livro das contas e inscrito como pecado de seu pai. Cada gota

de sangue impuro de uma adolescente ainda solteira precipita seu pai para o inferno.
— *Alhamdulillah!*
Sabe-se que o pior dos pecados para um pai é a fornicação de sua filha. Um verdadeiro fiel deve se poupar da ira de Alá. Sua filha se casará o mais rápido possível, a fim de evitar os piores tormentos para seu pai.
— *Alhamdulillah!*
Meu pai será poupado. Ele casou suas filhas de acordo com as conveniências. Ele cumpriu seu dever divino. Educar filhas e conduzi-las virgens até seus protetores escolhidos por Deus. Ele se desincumbiu de uma pesada responsabilidade.
A partir de agora, suas filhas não lhe pertencem mais.
— *Alhamdulillah!*
Agora meu pai pode dormir descansado. Ele soube cumprir honrosamente a difícil missão confiada a ele por Alá, quando Ele lhe deu filhas.

Desesperada, caio em prantos, sob o olhar indiferente de meu pai. Minha tia Nenné me faz um sinal e me leva para fora. Os membros de minha nova família, cobertos de ouro e tecidos preciosos, estão perto dos luxuosos carros e se contorcem de impaciência. Minha tia me puxa pelo braço, arruma novamente o capuz que cobre meu rosto e me coloca dentro de uma Mercedes. Olho para Hindou. Minha tia Diya a leva em direção a um carro reluzente, conversível e enfeitado com fitas. Várias mobiletes estão estacionadas do lado de fora e estão encarregadas de acompanhá-la fazendo o máximo de barulho possível.

Durante todo o trajeto, eu choro. Tenho vontade de gritar para os curiosos que, acotovelados na beira da estrada, saúdam com gritos o cortejo nupcial:

*Salvem-me, eu suplico, estão roubando minha alegria e minha juventude! Estão me separando para sempre do homem que amo. Me impõem uma vida que não quero. Salvem-me, eu imploro, não estou feliz como vocês pensam! Salvem-me, antes que eu me torne para sempre uma dessas sombras escondidas dentro de uma concessão. Salvem-me antes que eu pereça entre quatro paredes, cativa. Salvem-me, eu suplico, estão arrancando meus sonhos, minhas esperanças. Estão roubando minha vida.*

HINDOU

No fim da paciência, há o céu.
*Provérbio fulani*

Paciência, minhas filhas! *Munyal!* Integre-a à vida futura de vocês. Grave-a em seus corações, repita-a em suas mentes! *Munyal!* Esse é o único valor no casamento e na vida. Esse é o verdadeiro valor de nossa religião, de nossos costumes, do *pulaaku*. *Munyal*, vocês nunca devem se esquecer! *Munyal*, minhas filhas! Pois a paciência é uma virtude.
— Deus ama as pessoas pacientes — disse meu pai.

Eu não esperei estar casada para seguir esse conselho de meu pai. Sempre ouvi esse famoso *munyal*. E quanto mal foi feito em seu nome! Tento lembrar quando ouvi essa palavra pela primeira vez. Provavelmente, a ouço desde que nasci. Devem ter cantado para mim: — Paciência, *munyal*, minha bebê! Você veio para um mundo cheio de dores. Menininha, tão jovem e impaciente! Você é uma menina. Então, *munyal* toda sua vida. Comece desde já! É curto o tempo da felicidade para uma mulher. Paciência, minha filha, a partir de agora...

Minha mão procura a de minha irmã Ramla, a segura com força, mas o tempo que nosso pai leva para os conselhos que deve nos dar antes de nos deixar partir chega ao fim. Minhas tias já me conduzem em direção à saída.

Neste último minuto, queria ter me escondido debaixo da cama de minha mãe. Queria ter me agarrado a ela até o fim dos meus dias. Queria ter rastejado aos pés de meu pai, desafiando essa paciência tão aconselhada, ouvindo apenas o meu terror, para implorar a ele que renunciasse a esse casamento. Eu teria dado até meu último suspiro para ouvir meu pai dizer simplesmente "você é muito jovem. Moubarak tem que esperar."

Nada disso aconteceu! Estou casada. Com Moubarak, esse primo que sempre vi, mas nunca conheci. Ele mora a alguns passos da minha casa. Sem dúvida já me chamou de "escrava" ou de "esposa" quando eu era pequena. Eu o via sempre, era quase meu irmão. Estou casada com Moubarak e, a partir de agora, pertenço à concessão de meu tio Moussa.

Na verdade, sempre pertenci à concessão de meu tio Moussa. A solidez dos vínculos familiares fazia de cada um de meus tios um segundo pai. A casa de cada um deles era minha e eu podia não só ir até lá quando quisesse, como também poderia viver lá sem pedir a autorização de meus pais. Mas, naquela noite, conduziram-me até meu tio Moussa não como uma mulher, mas como uma nora.

Ó meu pai, por que eu? Será que veio à sua mente que eu poderia não concordar? Que eu tinha esse direito? Eu não amo Moubarak. Pior que isso, eu o detesto.

Antes, quando éramos mais jovens, eu era completamente indiferente a ele. Era apenas um de meus primos, um dentre os vários que eu tinha. Ele não era nem bom nem ruim, nem melhor nem pior. Até o dia em que começou a beber e a usar drogas, e acabou passando dos limites ao estuprar a empregada de sua mãe. Desde então, tornou-se o pior de todos. Mas isso foi antes do dia em que minha mãe veio me anunciar que eu havia sido prometida a ele.

A concessão de meu tio Moussa é um exemplo de poligamia caótica. Desde sempre, ficamos sabendo de todo tipo de escândalo. Coesposas, ferozes rivais, que saem no tapa, adolescentes frustrados que brigam com armas brancas entre irmãos, moças repudiadas e casadas novamente, acusações de feitiçaria, de bruxaria, de uso de drogas e álcool. Autoritário, meu tio vive no meio da concessão com tamanha arrogância e tanto distanciamento que é sempre o último a ser informado sobre o que acontece no seio da família. A partir do momento em que entra em casa, o silêncio se faz imediato. Até mesmo as esposas parecem não ter nenhuma intimidade com ele. Cada uma delas tenta proteger seus descendentes como pode. Apesar da severidade, tio Moussa tem cada vez mais dificuldade de se fazer respeitar por seus filhos mais velhos. Todos aqueles que desistiram dos estudos não conseguem se virar e perambulam o dia todo sem outra perspectiva de futuro a não ser tornar-se, um dia, herdeiro. A atmosfera da concessão se torna cada vez mais pesada. Tio Moussa refugia-se cada vez mais na mesquita ou em sua loja, onde deve ser extremamente vigilante, pois os filhos não hesitam em roubá-lo na menor das ocasiões.

Comecei a odiar Moubarak no dia em que, ao encontrá-lo por acaso ao visitar minha melhor amiga, sua irmã, ele me interpelou:

— Ei, Hindou, minha futura mulher, veio visitar o noivo?

— É claro que não! Do que você está falando?

— Vem cá, vem! Vamos consumar o noivado antes mesmo de consumar o casamento.

Moubarak me conduziu então a seu quarto. Eu me debati para que me soltasse, mas ele começou a me beijar sem a menor vergonha.

Eu o mordi com violência, enojada por seu cheiro pútrido. Ele fedia a álcool. Aproveitando um momento de descuido, eu escapei. Ele ficou louco de raiva e gritava:

— Sua peste! Você me mordeu, mas vai ver só. Você não perde por esperar.

Desde esse dia, passei a evitá-lo, mas, se o encontrasse por acaso, ele me saudava sorrindo e com uma piscada maliciosa, me lembrava que estava impaciente para se casar comigo. Fiquei cada vez mais desconfortável e, com o passar dos dias, meu mal-estar se transformou em pânico. Temia o casamento e, sobretudo, a noite de núpcias.

Ramla apertou minha mão, tentando me passar um pouco de sua força e de sua coragem.

Então, meu pai conclui:

— Que Alá te conceda a alegria, gratifique seu lar com vários descendentes e muito *baraka*. Podem ir!

Então eu perco toda a compostura e me deixo cair no chão, aos prantos. Meu pai não diz nenhuma palavra, enquanto minha tia Diya esforça-se em me levantar e me obriga a sair.

Deixando de lado minha timidez e para surpresa de todos, grito para meu pai, estupefato:

— Por favor, Baaba, não quero me casar com Moubarak! Por favor, me deixe ficar aqui.

— O que você está dizendo, Hindou?

— Eu não amo Moubarak. Não quero me casar com ele.

Estou aos prantos. Minhas tias prendem a respiração, surpresas com meu desespero e com a cena que faço com meu pai, logo eu que era conhecida por minha calma e docilidade. Elas têm medo da reação do irmão. Mas, contra todas as expectativas, meu pai se contenta em balançar a cabeça, depois dá a ordem às irmãs para irem embora.

Então, eu começo a gritar, a chorar e me recuso obstinadamente a sair. No terror de me casar com o homem que me é imposto, não tenho mais nem honra nem dignidade.

— Por favor, meu pai, por favor, eu não amo Moubarak, não quero me casar com ele.

Eu suplico, imploro e me agarro com todas as forças a um sofá.

— Vá agora — diz novamente meu pai, ainda calmo.

Com muita dificuldade, Goggo Dyia me arranca de onde me refugiei e me empurra em direção à saída, tentando me reconfortar. Todas as noivas choram ao sair da concessão parental. Sou apenas um pouco mais sensível que as outras. Não há motivo para drama.

— Por favor, Baaba, eu suplico, eu não quero ele. Aceito qualquer pessoa, menos ele...

Continuo a me debater e consigo escapar dos braços de minha tia. Então, me jogo aos pés de meu pai.

— Por favor, meu pai, pelo amor de Alá, não me obrigue a ir!

— Chega de criancice — diz meu tio com um sorriso sarcástico. — Você está me decepcionando, Hindou. Logo você, que pensávamos ser esperta. Na verdade, você não entendeu nada dos conselhos que acabamos de te dar. Vá, Diya! Já chega de escândalo.

Ainda chorando, obedeço quando as mulheres me forçam a sair. Ajudada por uma prima, Goggo Diya me empurra com firmeza em direção ao carro com o motor já ligado, como se tivesse pressa de passar pela multidão. Escutamos as buzinas e os gritos das mulheres metidas dentro dos outros veículos. Apesar da casa conjugal ocupar uma parte da concessão de tio Moussa e estar, portanto, a alguns passos da casa de meu pai, Moubarak faz questão de que o casamento não passe despercebido. Com todas as buzinas soando, ele se lança à frente do cortejo, do qual participam dezenas de motos e de carros, e dá uma volta pela cidade.

٢

Não esperei muito! Apesar da tradição que diz que o recém-casado deve ser levado para casa pelos amigos bem tarde da noite, quando todos na casa já estão dormindo, e com a maior discrição possível, Moubarak não demora a ir para o quarto e deixa os outros festejando no pátio, sentados em tapetes, bebendo chá e café, conversando alto.

As mulheres que me acompanharam dormem em meus aposentos, construído ao mesmo tempo que o de Moubarak no canto direito da concessão. O cheiro de pintura fresca que impregna o local não é capaz de mascarar o cheiro de estrume de vaca, já que, antes que tio Moussa decidisse construir ali quatro aposentos, em razão de dois casamentos, inclusive o meu, o lugar serviu por muito tempo como um curral. Simplesmente espalharam areia do curso de água vizinho para dispersar o cheiro e tornar o espaço próprio para construção.

Assim que entra no quarto, sem nem olhar para mim, Moubarak coloca uma música. Sentada no tapete, no canto mais escuro, me encolho o tanto que posso. Minha crise de choro me cansou e me deixou completamente abatida. Sinto minha garganta estrangulada pela angústia.

— Veja só! Aqui está minha prima e esposa querida. Você não vem? A gente vai consumar esse casamento rapidinho. Eu tinha te falado que esse dia ia chegar logo.

— Por favor...

— Para de bobeira e tira logo a roupa! Detesto mulher com frescura.

No auge do terror, sei que as coisas não estão normais. Moubarak não somente bebeu. Ele também tomou comprimidos de Tramadol junto com Viagra. Um coquetel que já lhe é familiar, assim como a vários jovens daqui. É possível encontrar em todas as esquinas da rua, tanto no mercado do bairro quanto nos vendedores ambulantes. Na noite de núpcias, os homens não hesitam em usar drogas para se revigorar, garantir certa resistência e virilidade na medida do seu ardor atiçado.

— Tire a roupa. Está ridícula com todos esses véus.

— Eu imploro...

— Ah, você quer jogar? Por mim, tudo bem. É até melhor que você resista um pouco. Eu vou adorar te despir.

Ele aumenta o volume da música e, então, começa a se despir tranquilamente. Eu recuo ainda mais para o canto. Sinto tanto medo que meus dentes batem e eu tremo como uma folha. Ele se senta na cama, me olha com satisfação e diz:

— E então? Vai vir por vontade própria ou prefere que eu vá te buscar?

— Por favor...

Ele se levanta bruscamente e, com um movimento imprevisível, me joga com força na cama e arranca minhas roupas. Me defendo o quanto posso. Quando ele rasga meu corpete, eu o mordo furiosamente. Ele tira a mão e dela escorrem gotas de sangue. Eu grito, me debato, quando um golpe violento me atinge e caio no meio da cama.

Algumas horas mais tarde, não tenho mais força para gritar nem lágrima para derramar. O silêncio reina no quarto. Eu gritei tanto, chorei e supliquei tanto, que não tenho mais voz. Eu me encolho na cama, ferida, com o corpo coberto de escoriações e hematomas. Sangro tanto que a cama fica encharcada. Sinto muita dor. Tento me levantar.

Moubarak, que dorme ao meu lado, logo acorda e me olha com um ar cínico.

— Dormiu bem, querida prima? Opa, que cabeça a minha, "querida esposa"! Não se levante, eu já acordei.

— Não, por favor!

— Lá vem você de novo!

— Perdão, estou machucada. Está doendo.

— Não! É assim mesmo.

Ele olha para a cama com nojo e me puxa para o chão. Caio com força e começo a gritar. Ele tampa minha boca com a mão.

— Está muito cedo. As pessoas ainda estão dormindo. Cala a boca! Você já fez muito barulho ontem à noite. Nunca imaginei que você fosse tão medrosa. Quer que pensem que estou te matando? Dessa vez, fique calada!

Ele abusa mais uma vez de mim. A dor é tão intensa que fico numa espécie de inconsciência.

Ninguém se escandaliza com meu estado. Isso não era um crime! Moubarak tinha todos os direitos sobre mim e não tinha feito nada além de cumprir seus deveres conjugais. Certamente, tinha sido um pouco violento, mas era um homem jovem, com boa saúde e viril. E além do mais, eu era tão bonita! Ele tinha mesmo que perder a cabeça diante de tanto charme. Ele estava, sobretudo, muito apaixonado! Eu também merecia os parabéns, pois soube me guardar pura. Não tinha desonrado minha família.

Não é nenhum crime! É um ato legítimo! O dever conjugal. Não é nenhum pecado. Pelo contrário. Seja para mim ou para Moubarak, é um direito concedido por Alá.

Não é estupro. É uma prova de amor. De qualquer forma, aconselharam Moubarak a controlar seu desejo, em razão dos pontos que precisaram dar em minhas feridas. Me consolaram. Isso é o casamento. Da próxima vez vai ser melhor. Além do mais, isso é a paciência, o *munyal* de que me falaram. Uma mulher passa por várias etapas dolorosas na vida. O que aconteceu era parte disso. Eu devia apenas tomar mingau com bicarbonato e banhos quentes para acelerar minha recuperação.

O dever conjugal! Citaram um *hadith* do profeta: *Ai da mulher que deixa o marido irado, feliz é a mulher cujo esposo está contente com ela!* Melhor seria se aprendesse logo a satisfazer meu esposo.

Nem mesmo o médico se chocou. Não era um estupro. Tudo aconteceu normalmente. Sou apenas uma recém casada mais sensível que as outras. Meu marido é jovem e apaixonado! É legítimo que ele seja ardoroso. É normal que seja desse jeito. Além do mais, quem ousa dizer a palavra "estupro"? Estupro não existe no casamento.

Goggo Diya me confessou mais tarde que ficou com vergonha de mim pelo tanto que gritei: todo mundo devia ter escutado. No hospital, continuei gritando enquanto me costuravam. Eu tinha sido desavergonhada. Ela ficou tão sem jeito durante minha noite de núpcias que quase foi embora. Até meu pai e meu sogro devem ter ficado sabendo que meu marido encostava em mim! Que vergonha! Que falta de pudor! Que vulgaridade! Esse momento era para ser particular, secreto. Como eu iria agora encarar as pessoas? Que falta de coragem, de *munyal!* Que falta de *semteende*, de autocontrole! Onde estava o *pulaaku* que sempre me ensinaram? Uma fulani morre como uma ovelha, em silêncio, não gritando como uma cabra. Era minha culpa ter sofrido mais que as outras. Se eu tivesse colaborado, não teria sofrido tudo isso! Veja só, Goggo

Nenné contou que Ramla era tão pura quanto ela, mas que ninguém tinha escutado sua voz.
Eu me calei. Não tinha mais nada a dizer.
Minhas tias se apressaram para ferver o *bassissé*, um mingau de arroz, leite e manteiga. Ele era distribuído a toda a família, sobretudo às moças, para mostrar-lhes que eu, Hindou, soube permanecer virgem até o casamento. Uma forma de convencê-las a fazer o mesmo.
Foi assim que curaram meu corpo, mas não minha alma. Ninguém pensou que havia em mim feridas mais profundas e mais dolorosas. Repetiam que não havia acontecido nada de dramático. Apenas um fato banal. Nada além de uma noite de núpcias traumática. Mas será que todas as noites de núpcias são traumáticas? Me disseram também que não entendi nenhum dos conselhos de meu pai.

*Devo ser submissa a meu esposo!*
*Devo poupar minha alma da diversão!*
*Devo ser a escrava dele, para que ele fique cativo!*
*Devo ser a terra dele, para que ele seja minha chuva!*
*Devo ser a cama dele, para que ele seja minha tenda!*

No dia seguinte da cerimônia de casamento, cada um voltou para casa, enquanto eu me instalava em minha nova vida. Moubarak conteve um pouco seus ardores, mas não expressou uma palavra de arrependimento. Nada havia acontecido. E não estávamos casados?

٣

Os dias e noites se sucederam e se repetiram na monotonia da grande concessão de meu tio. Eu respeitava os hábitos familiares, imutáveis desde as priscas eras.

Meu tio havia se tornado meu sogro. Eu deveria evitá-lo cuidadosamente, tirar os sapatos antes de passar perto dele, abaixar os olhos e flexionar o joelho para cumprimentá-lo. Deveria também manter o véu na presença de minha tia, que havia se tornado minha sogra. Não podia nem comer nem beber diante dela. Devia também evitar falar, conversar e rir. Meu primo Moubarak havia se tornado meu esposo. Devia a ele submissão e respeito.

Eu me levantava bem cedo, quando o galo cantava, para a primeira prece diária. Todos da casa acordavam à mesma hora e cada um tinha uma tarefa bem definida. As mulheres, quando não estavam ocupadas na cozinha, limpavam seus aposentos. Moças muito jovens, empregadas da casa, varriam os espaços comuns. As crianças, aquelas que iam ou não à escola, começavam o dia lendo o Corão sob a supervisão de um mestre marabô — exceto às quintas e sextas-feiras, que são os finais de semana islâmicos.

Tio Moussa cuidava pessoalmente para que todos estivessem de pé ao amanhecer e não hesitava em bater à porta dos resistentes. *A sorte pertence àqueles que se levantam cedo, não respeitar essa verdade trará azar, ou mesmo uma terrível calamidade!* — ameaçava.

Na cozinha, nós, as quatro esposas de meu tio, as dos meus primos e eu, nos revezávamos. O *defande*, a vez na cozinha, durava vinte e quatro horas: começava na refeição da noite e terminava depois do almoço do dia seguinte. Se nossas sogras nos deixavam preparar a refeição, elas cuidavam da divisão dos pratos para cada grupo familiar. Tratava-se, sobretudo, de tentar evitar que nossa falta de experiência nos fizesse cometer erros de distribuição. O prato mais importante, destinado aos homens, era servido no *zawleru*, depois o das mulheres e, finalmente, o das crianças, por gênero e por categoria de idade. Cada nora tinha também o dever de ajudar a sogra, quando fosse sua vez. Geralmente, acabava por substituí-la em todas as tarefas domésticas.

O cardápio não era criativo, não era saudável e não mudava — ou mudava pouco. Tio Moussa matava carneiros, frangos ou um boi. O essencial era conservado no congelador, enquanto as outras partes eram fritas ou secas. Comíamos carne em todas as refeições. Com molho de tomate, grelhada, cozida ou com legumes.

O arroz era o cereal mais consumido, às vezes substituído por painço, sorgo ou milho. Começávamos o dia, geralmente, com arroz ao molho de carne, e bebíamos leite tirado no mesmo dia ou mingau de leite coalhado com pasta de amendoim. Havia também café ou chá preparado toda manhã e que era mantido durante o dia em grandes garrafas térmicas. Apenas os homens podiam comer as rosquinhas e os pães, pois se esses alimentos estivessem disponíveis a todos na casa, composta de mais de vinte adultos e dezenas de crianças, isso representaria uma grande despesa que meu tio não julgava útil.

Nós não tínhamos o direito de nos servir sozinhas. Era a *daada-saaré*, a primeira esposa de meu tio, que se ocupava de nos dar aquilo que deveríamos preparar, sempre levando em conta a visita inesperada de membros da família distante ou de simples conhecidos. Quando ela estava ausente ou indisposta, era a segunda esposa que ficava responsável pela concessão.

À noite, os homens jantavam separadamente. Um cozinheiro contratado por meu tio preparava uma refeição especialmente para eles, mais variada e rica que a das mulheres. Ao lado da incontornável bola de cuscuz e do molho de legumes, eles ainda tinham direito a batatas ou bananas fritas, mingau, salada, sem se esquecer do chá ou do café.

Durante esse tempo, nós, as mulheres, também comíamos juntas. Não era possível para uma de nós escolher comer sozinha, menos ainda comer um prato específico. Se eu ficava com vontade de alguma coisa em especial, ligava para minha mãe que, discretamente, mandava me entregar o prato em questão, ou então perguntava a Moubarak se era possível — nos dias em que ele estava de bom humor, é claro!

As mulheres passavam muito tempo trabalhando juntas dentro do *hangar*, localizado na frente dos aposentos de nossas sogras, que servia, então, de espaço comum para todas as mulheres da casa. Era lá que conversávamos, descascávamos os amendoins ou cortávamos os legumes; que trançávamos os cabelos ou desenhávamos, durante horas, em nossas mãos e em nossos pés, tatuagens de hena. Podíamos também assistir televisão, mas apenas os canais árabes. Isso porque, um dia, ao surpreender as esposas absorvidas por uma série em que os beijos ocupavam quase toda a trama, tio Moussa proibiu os canais ocidentais e africanos. Louco de raiva, logo mandou chamar um técnico a quem pediu para bloquear o que ele chamava de "canais do diabo". O homem conseguiu, pelo menos, nos deixar acessar os filmes de Bollywood, cujas histórias de amor romântico nos encantavam, quando o dono da casa não estava presente. Mas assim que ele entrava, o único canal que podia ser ouvido voltava a ser o de Meca — a voz dos imames.

Moubarak não se privava de ver o que tinha vontade. Dispunha de tevê a cabo e acesso a todos os canais ocidentais disponíveis. Também tinha um leitor de DVD e não hesitava em arranjar filmes pornográficos. Foi o novo acessório que arranjou para me atormentar, pois me obrigava a reproduzir as cenas que via. Era a oportunidade de me insultar, de me machucar, de me contar suas várias aventuras e, ainda por cima, de me desafiar a contar a toda família, mesmo sabendo que eu não poderia fazê-lo, pois, de acordo com a tradição, nunca se deve falar de sexo ou de qualquer coisa relacionada.

Com o passar do tempo, descobri em Moubarak um homem imprevisível, que podia ser de uma agressividade sem limites, mas também de uma sensibilidade à flor da pele. Mas acontecia, às vezes, de estar de bom humor. Então, era capaz de se mostrar charmoso e a vida ao lado dele se tornava suportável. Naqueles dias, era extremamente atencioso, falava com gentileza e podíamos conversar por horas. Ele me convidava para sair à noite, sem o conhecimento da família, fazíamos longos passeios e visitávamos os amigos dele. Às vezes, me explicava seus projetos de comércio e me confiava os contratempos com seu pai, que se recusava a financiá-los. Nesses momentos, me surpreendia por sentir certa simpatia por ele.

Porém, nos maus dias, Moubarak tinha um humor massacrante. Ficava de cara fechada, mal falava comigo ou se irritava ao menor pretexto. Nesse dias, tentava ser o mais discreta possível. Felizmente, ele ficava muito tempo dentro do próprio quarto, tomando comprimidos, e só saía quando já era noite. Quando voltava tarde da noite, estava caindo de bêbado. Apesar de termos quartos separados, à noite, eu tinha que ir para seu quarto para dormirmos juntos. Mas, nas noites de embriaguez, eu fechava-me em meu quarto para não ter que me submeter a esse arranjo matrimonial, com medo de sofrer maus-tratos.

Porém, uma noite, ele voltou para casa por volta das duas da manhã e bateu na porta do meu quarto. Ignorei o chamado, fingindo que estava em sono profundo. Ele continuou insistindo.

— Hindou, abra! Você não tem o direito de abandonar o quarto conjugal. Abra se não eu quebro tudo, aí você vai ver...

Ele fazia tanto barulho que fiquei com medo de que acordasse a casa inteira. Acima de tudo, tinha medo de que ele cumprisse o prometido. Comecei a me vestir depressa. Mal abri a porta, levei um soco no olho direito.

— Isso é para você aprender o que é respeito. Você não tem direito de trancar a porta. Você vai me esperar, não importa a hora que eu voltar para casa. Está claro?

Eu cambaleava e, tentando me equilibrar, me agarrei às cortinas, cujos suportes caíram no chão, fazendo um estrondo. Hamza, um dos irmãos mais novos de Moubarak, correu para fora do quarto bem a tempo de evitar que Moubarak me desse um segundo golpe.

— Moubarak, o que deu em você? Ela não fez nada! Olha a hora que você está acordando sua mulher para bater nela!

— Tome conta da sua vida. A esposa é minha e eu faço o que eu quiser.

— Sim, é sua esposa. E é por isso que não deve bater nela. Se não tem consideração por sua prima, tenha por seu tio, pai dela. Se alguém tem razão em estar com raiva, é ela. Você acabou de chegar às duas da manhã.

— Não é porque você tem medo da sua mulher, que devo temer a minha. Olhe para você, pequeno Hamza, sempre obediente, bom menino. Sua mulher não te respeita. Você parece o cachorrinho dela. Você envergonha todos os homens!

Ele não pôde continuar. Hamza o interrompeu com um soco. Madina, esposa de Hamza, interveio e nós duas tentamos separar os dois. Em vão. Logo foi a vez das mães intervirem, depois os outros irmãos, finalmente o próprio tio Moussa. Foi ele que colocou um fim na confusão geral.

Hamza foi então repreendido por sua falta de respeito com o irmão mais velho. O costume dizia que o mais velho sempre tinha razão. Entretanto, todo mundo compreendeu que Hamza tentava me defender. Era respeitoso em relação a meu pai, tio dele, e nisso tinha razão, mas deveria ter encontrado outra alternativa!

Quanto a mim, fui repreendida por ter dormido antes que meu marido voltasse para casa. Além do mais, porque estava em meus aposentos durante a noite? Afinal, eu não tinha coesposa, ressaltou a mãe de Hamza. Uma esposa deve dormir junto com o esposo. Eu estava querendo briga.

Minha sogra veio me repreender, discretamente, por minha grosseria e insubordinação ao meu esposo.

Ela me lembrou de meus deveres de esposa, exigiu de mim mais docilidade e ameaçou se distanciar de mim. Sim, porque, com meu comportamento, eu ameaçava o frágil equilíbrio entre irmãos que não se suportavam e que nem precisavam de pretexto para pular no pescoço um do outro. Além do mais, também arriscava brigar com a mais difícil das coesposas, a mãe de Hamza.

Eu me restringia a concordar com tudo.

Nos dias que se seguiram, Moubarak me ignorou. Acima de tudo, ele evitava ainda, assim como o resto da família, ver meu olho roxo. Foi apenas um mal-entendido. Mais um!

Está uma tarde escaldante, como de costume no mês de março, em Maroua. O céu azul turquesa. O calor sufocante. Quarenta e cinco graus. Nesse torpor, a concessão está silenciosa. Até as crianças pararam de brincar. Todos se refugiam à sombra. Sentada em minha varanda, tricoto uma nova toalha de mesa florida. Enquanto meus dedos trabalham em torno do fio de seda, deixo minha mente vagar, pensativa.

De súbito, o ronco de uma moto me faz erguer a cabeça. Moubarak chega acompanhado por uma moça com ar atrevido, com um vestido justo e acetinado que marcava suas curvas. Tinha uns vinte anos e se equilibrava em saltos agulha que, naquele terreno arenoso, certamente a fariam torcer o tornozelo. Moubarak olha para mim e, então, leva sua convidada para a sala.

As vozes deles chegam até mim entrecortadas por risadas que penetram como agulhas em meu coração. O que eu devia fazer? Seria difícil começar um escândalo. Os parentes próximos e distantes me repreenderiam por ter envergonhado Moubarak, por não ter preservado a dignidade e a honra de meu esposo. Foi então que, de pé na varanda, indignada, humilhada e pensando na melhor forma de reagir, escutei Moubarak fechar a porta de seus aposentos. O clique da chave na fechadura recai sobre mim como soco e me acorda de meu torpor. O ruído do ar condicionado do quarto conjugal quebra o silêncio. Sinto meu orgulho ferido de tal forma que, tremendo de raiva, corro para o meu quarto, coloco meu véu e saio pela porta dos fundos.

Faz apenas alguns meses que me casei e ainda não tenho direito de ir na casa de meu pai, mas sinto uma profunda vontade de rever minha mãe e de me abrir com ela. A rua está deserta por causa do calor extremo.
Naquela hora, minhas madrastas certamente se retiraram para seus aposentos. Abaixo meu véu e entro silenciosamente no quarto de minha mãe que acabou de terminar sua prece. Ela ainda está sentada no tapete e recita *misbaha*. Ao me ver, olha para mim estupefata e, antes de fazer qualquer pergunta, confusa, dá uma olhada rápida para o lado de fora. Aliviada por não ver nenhuma das coesposas, se apressa em fechar a porta.
— Hindou, o que está acontecendo? O que está fazendo aqui?
Eu choro em silêncio. Fico feliz de reencontrá-la. Ela também começa a chorar. Depois me dá um abraço apertado, emocionada e inquieta. Que tipo de drama seria capaz de fazer com que uma jovem esposa saísse

no meio do dia? Ainda pior, voltar para a concessão dos pais?

— Hindou, — repete — o que está acontecendo, minha filha? Fale logo!

— Moubarak! — digo soluçando. — É claro que eu sei que ele bebe, que se droga, vai para boates e tem outras mulheres...

— Sim, todo mundo sabe. Seu pai também sabia — acrescentou com rancor.

— Ele está agora com uma moça dentro do quarto dele, em nossa casa.

— O quê? — reagiu ela, estupefata.

Sua indignação é tão grande que seus olhos brilham com uma raiva mal contida. Dessa vez, Moubarak passou de todos os limites. Atordoada, ela fica ainda mais agitada, depois desaba na cama.

— Você deve ter entendido mal! Deve ser uma amiga de...

Eu a interrompo e acrescento, sentando-me ao seu lado:

— Eles se trancaram lá dentro.

— Não é possível!

Minha mãe é a quarta esposa de meu pai — a única com instrução. Com as coesposas, ela mantém um clima de conflito e inveja constante. Portanto, não quer que meus contratempos cheguem ao conhecimento da família, pois minhas madrastas fingiriam solidariedade, mas fariam fofoca pelas costas, o que atingiria o orgulho e a honra de minha mãe. As coesposas não podiam saber, pelo menos, não por enquanto.

Elas ficariam tão felizes ao verem as falhas da favorita e última esposa. Mesmo que as coesposas pareçam se dar bem, reina entre elas uma rivalidade velada que recai sobre os filhos. Não se contentam em detestar apenas a coesposa, mas odeiam também todos os seus descendentes. Não desejam apenas a infelicidade, mas também a dos seus. O pai não pode de forma alguma notar um dos filhos e dar uma atenção individual.

Minha mãe me pede para ficar em seu quarto e corre imediatamente para falar com meu pai. Não é seu *defande*. Então, ela espera pacientemente que a terceira esposa, que acaba de encher a chaleira de água destinada ao banho dele, saia dos aposentos.

— Doudou, eu preciso ver Alhadji agora!

— O que aconteceu? — diz Doudou espantada.

A não ser no caso de uma urgência, uma esposa deve esperar sua vez de ver o marido. Contendo sua irritação, Doudou insiste:

— Algum problema?

— Nada de alarmante. Está tudo em paz. Mesmo assim, preciso falar uma coisa antes que ele volte para o mercado. É urgente!

— Talvez eu possa ser sua intermediária! Ele parece estar com pressa. É só você me explicar, que eu falo com ele.

— É pessoal. Peça a ele para me receber — exige minha mãe.

— Então, eu vou tentar! — diz Doudou contrariada, tentando disfarçar a curiosidade e a irritação.

Minha mãe entra com ela e espera na varanda. Glacial, meu pai acaba por recebê-la. Ele está no período em que tira a *zakat*. Na verdade, ele acabava de fazer as contas e separou a parte destinada à caridade, a *zakat*, terceiro pilar do islã. Embora não esconda a preferência por minha mãe, teme sua impertinência e suas convicções sempre fortes quando algo não lhe convém. Desde o casamento da filha, ela se tornou extremamente fria e ele começa a se irritar com isso. Sua esposa se recusa a entender que há situações que escapam ao controle dele. Apesar do grande amor que tem por ela, não pôde contrariar o irmão quando este pediu a mão da filha para o filho. Além do mais, o que ela queria? Se uma moça tem que se casar, ele não fez nada além de cumprir seu dever de pai responsável.

— Então, Amraou, o que te traz aqui? Qual a urgência que faz com que você não possa esperar seu *defande*, que já começa essa noite? Se uma de suas coesposas quisesse me ver assim, na sua vez, o que você faria?

— Eu precisava te consultar rapidamente. Temos um problema!

— Ah, isso eu já imaginava. Fale logo! Não tenho tempo a perder. Estão me esperando.

— Hindou está aqui. Ela voltou para casa!

— O quê? No meio do dia? Antes de um ano de casamento! Antes mesmo de seis meses! É sua filha mesmo! Nenhuma paciência.

— Você não sabe o que Moubarak fez. Ele...

— Pouco importa o que Moubarak fez — ele a interrompe com um gesto de mão. — Por pior que seja, ela

poderia ter esperado a noite. Voltar para a casa dos pais de mau humor em plena luz do dia, apesar de morarmos no mesmo bairro, apesar de só estar casada há alguns meses, não é possível! Você já pode ir — diz ele, terminando a conversa e dispensando minha mãe.
— Mas...
— Eu disse que já entendi. Vá embora — ele grita.
— Chame minha irmã Nenné. Ela deve ser levada de volta discretamente. Ela tem sorte de eu estar com pressa, se não eu iria ensiná-la a comportar-se. Isso tudo é culpa sua. Você paparica demais seus filhos e eles ficam mimados. Por isso que eles não sabem se comportar. Se você fosse mais firme e severa, ela não teria se comportado dessa forma. É por saber que você a apoiaria que ela voltou. Você acha que Ramla teria coragem de fazer isso? Eu não vou ver Hindou, e diga a ela para não cruzar meu caminho tão cedo. Que falta de juízo!
— Moubarak...
— Diga a Nenné para levá-la de volta imediatamente e que mais ninguém saiba disso. É sua filha mesmo! Ela não pensa sobre a consequência dos próprios atos! Que vergonha!
— Mas o esposo dela exagerou de verdade. Ele...
— Pouco importa! Pouco importa o que Moubarak fez, é primo dela antes de ser esposo. Filho do meu irmão. Um pouco de respeito pelo menos pelo próprio tio. É nos momentos difíceis que devemos ter paciência e apoiar. No fim das contas, se é alguma coisa grave, ela poderia ter mandado buscar a tia e con-

tado para ela. Mas voltar desse jeito! E você? Que tipo de mãe é você? Ao invés de censurá-la e mandá-la de volta, discretamente, prefere vir me incomodar, perturbar a ordem das coisas e irritar sua coesposa, forçando minha porta na vez dela. Ainda concorda com a filha. Vá embora e chame Doudou!

Eu chorei todas as lágrimas de meu corpo ao saber da resposta de meu pai. Minha mãe, sentada em um canto do quarto, permanecia com o semblante fechado e os punhos cerrados de raiva. Mais que a decisão de meu pai, era a atitude detestável e as palavras rudes que a deixavam com raiva. Entendi a decisão dele, apesar de não concordar com ela. Para me consolar, contou para mim a história dela mesma, pela primeira vez. É claro que eu já tinha escutado pelos cantos, mas nunca da sua própria voz. Com os olhos fixos em um ponto invisível, ela recompunha suas memórias. Lágrimas silenciosas, que enxugava de vez em quando com a ponta da *tanga*, escorriam. Ela estava triste.

— Sabe, Hindou, eu não escolhi me casar com seu pai. Também não recusei o casamento. Por que diria não? Isso nunca passaria pela minha cabeça. Diante da provação que minha família enfrentava naquele momento, não teria coragem de contrariar meus pais. Minha irmã mais velha tinha acabado de morrer. Uma morte súbita, natural, que surpreendeu a família inteira. A resignação diante da vontade toda poderosa de Alá deu lugar ao estupor e à desolação. A gente só morre quando o tempo de vida na Terra se acaba. Um tempo que já está inscrito pelo Criador desde o primeiro sopro de vida. Não se pode adiantar nem atrasar esse momento fatídico. Então, por que lamentar a decisão implacável de Alá? Eu nem tinha pensado em casamento. Pelo menos até aquele momento. Eu tinha quatorze anos e minha irmã, casada há alguns anos com seu pai, acabava de morrer e de deixar três órfãos. Na família, falavam que a morte dela tinha sido causada por um feitiço lançado por uma coesposa invejosa. Evidente: minha irmã Hidaya era muito bonita, muito generosa, e rapidamente tornou-se a favorita do esposo.

Quando morreu, minha mãe, com os olhos vermelhos de tristeza, me chamou no quarto dela. Meu pai estava lá, com o rosto triste. Os dois, silenciosos, debulhavam seus *misbahas* em sinal de resignação diante da tragédia que o destino impunha. Sentei-me distante de meu pai, curiosa e impaciente para saber o que esperavam de mim.

"Amraou, sua irmã era uma mulher de bem", começou meu pai depois de raspar a garganta. "Em todos os aspectos. Ela vai para o paraíso, *inch Allah*.[13] A mãe dela a perdoou, o marido dela não tinha do que reclamar."

"É claro, Baaba!", respondi.

"Eu também não tenho do que reclamar. Ela sempre foi uma filha gentil e bem comportada. Ela me honrou e preservou minha dignidade."

"Que Alá a perdoe e a acolha em seu seio", acrescentou minha mãe em um murmúrio.

"*Amine!*", disse então meu pai. "Eu pensei bem! Há alguns dias não paro de remoer a mesma ideia em minha cabeça e acabei de falar com sua mãe, que não fez nenhuma objeção. Pelo contrário! Ela concordou comigo. Alhadji Boubakari foi um genro sem defeitos e seria uma grande perda para nós. Para ele também, pois mesmo antes de ser meu genro, sempre foi meu amigo. Para dizer a verdade, ele é um irmão. Fomos circuncidados juntos, passamos pelas mesmas provações. Entre nós, reina uma grande amizade, mas também muito respeito."

Ele fez uma pausa, como se quisesse reviver algumas memórias, e continuou:

"Amraou, você também é uma moça bem comportada e obediente. Você sempre soube fazer o que era certo e sei que posso confiar em você. Já está na idade de se casar. Então, você tomará o lugar de sua irmã! Você criará os filhos dela e os protegerá como ela teria feito. Você ocupará o quarto e herdará todos os bens dela. Você se casará com Alhadji Boubakari em uma semana. É claro que não haverá festa nem qualquer celebração. É uma pena não ser possível esperar pelas próximas férias. Mas você é inteligente e aprendeu o que pôde na escola. Sabe ler e escrever. É mais que suficiente. O lugar de uma mulher, antes de qualquer coisa, é dentro de seu lar. Era isso que tinha para te dizer! Espero que você saiba me honrar e ocupar o lugar de sua irmã."

Perplexa, permaneci em silêncio. O que poderia dizer? Já sabia que o casamento era a única perspectiva para uma garota. Estava fora de questão questionar os pais. Como diz o provérbio fulani: "O que uma pessoa mais velha percebe sentada, a criança, mesmo de pé, não é capaz de ver!" Meu pai tinha escolhido um marido para mim. Um homem que ele estimava e respeitava. Como uma filha digna, restava a mim me adequar ao desejo dele. Tinha uma semana apenas para me acostumar com a ideia. É claro que conhecia a casa de minha irmã. Tinha convivido com as coesposas e brincado com os filhos delas. Tinha passado muitas noites no quarto dela e cumprimentado respeitosamente seu esposo todas as vezes que o encontrava. Que ironia do destino ter que voltar lá, agora como esposa!

"Você seguirá os passos dela e ocupará o lugar dela com os filhos. Que eles nunca sintam falta da mãe", disse minha mãe. "E quando você colocar no mundo seus próprios filhos, que os de sua irmã nunca se sintam preteridos".

"Eu já comuniquei minha decisão a Boubakari", acrescentou meu pai. "Ele ficou muito emocionado. Estou contente com esse arranjo que satisfaz a todos, neste momento doloroso que atravessamos. Alá vela pelas almas que sofrem. Eis uma alegria depois de tamanha tristeza!"

Em meu rosto, as lágrimas rolavam. Minha mãe também chorava em silêncio. Meu pai se levantou e, simplesmente, nos disse:

"Paciência, *munyal!* Não podemos ir contra a vontade de Deus".

Foi assim que entrei em minha vida de mulher casada. Sem tambor nem trombeta. Simplesmente, me colocaram no quarto de minha irmã. Deram a mim tudo que pertencia a ela. Então, quando caiu a noite, conduziram-me para o quarto do seu esposo. Não tive tempo para aprender a ser esposa, a ser mãe. Mas são coisas que não se aprende. Uma mulher nasce, antes de qualquer coisa, esposa e mãe. Sim, você já sabia disso, seus irmãos mais velhos são seus meio-irmãos e são também seus primos. Não, são apenas seus irmãos, pois eu os amei, protegi e eduquei como meus próprios filhos. Eu herdei os três filhos de Hidaya. Herdei também os pratos que estavam no armário dela, herdei os móveis que nosso pai tinha dado a ela no casamento e, finalmente, herdei o esposo dela mas, sobretudo, as três coesposas dela! Paciência! Repetiram tantas vezes. Nossa rivalidade de coesposas não somente é sem fim, como até mesmo uma trégua é impossível, pois cada rival espera pacientemente uma falha para desestabilizar sua inimiga. Aprendi a me proteger de todos. As coesposas, certamente, são inimigas declaradas, mas as cunhadas sorrateiras, as esposas invejosas dos cunhados, os filhos do esposo, a mãe dele, a família dele também são meus inimigos.

Há algum tempo, as lágrimas rolavam e entrecortavam a voz de minha mãe. Foi em um soluço, que ela se esforçou para conter, que concluiu:

— É difícil o caminho da vida das mulheres, minha filha. São breves os momentos de indecisão. Nós não temos juventude. Temos muito poucas alegrias.

Encontramos a felicidade apenas onde a cultivamos. Cabe a você encontrar um caminho para tornar sua vida suportável. Ou melhor, para tornar sua vida aceitável. Foi o que eu mesma fiz durante todos esses anos. Pisoteei meus sonhos para poder melhor abraçar meus deveres.

Minha tia Nenné, que minha mãe tinha mandado chamar, entrou no quarto sem se anunciar. Goggo Nenné era amiga de minha mãe, elas se davam muito bem. Minha mãe esperava que a cunhada nos desse um bom conselho diante dessa situação extremamente humilhante. Ver a filha infeliz e humilhada partia seu coração. Mas o pior para ela era saber que seu infortúnio seria o prazer de suas coesposas, que não hesitariam em aumentar os fatos, destruindo, assim, a imagem de esposa favorita que ela tinha construído com muito esforço.

Mal passou pela porta, Goggo Nenné arregalou os olhos cheia de surpresa, com a mão na boca:

— Hindou? O que você está fazendo aqui? O que ela está fazendo aqui? Aconteceu alguma desgraça? — perguntou, virando-se para minha mãe.

— Aquele canalha que ela tem como esposo... Que azar, meu Deus! O pai dela exige que você a leve de volta discretamente. Ninguém sabe que ela está aqui. Ninguém deve saber, sobretudo as bruxas das coesposas!

— Você tem razão! Levante-se, Hindou! Vamos embora agora mesmo, antes que alguém te veja. Francamente, minha filha, você está exagerando. Não importa a situação, você precisa esperar a noite antes de sair. Que vergonha! Reflita sobre as consequências dos seus gestos antes de agir!

— Moubarak está com uma mulher em nosso quarto! — confessei, indignada e esgotada.

— *Ya Allah!* Nenhum *pulaaku*, esse menino! Fazer isso com a própria esposa! Ainda pior, com a própria prima! Que vergonha, meu Deus! Onde esse mundo vai parar?

— Ele não tem nenhum escrúpulo. Se ao menos Alhadji tivesse me escutado! Ele nunca teria concordado com esse casamento. Estou com vontade de esfolar esse moleque!

— A gente não resolve esse tipo de problema com a força, Amraou. Eu bem que te disse para não ficar de braços cruzados, mas você insiste em ignorar as coisas. Continue assim e, não somente todos os inimigos vão tomar conta do seu caso, como também não deixarão nenhum de seus filhos em paz! Se você tivesse consultado os feiticeiros como te aconselhei a fazer, se você tivesse protegido sua filha, se tivesse feito um pouco de esforço para que o esposo a amasse, isso não teria acontecido. Você é ingênua, Amraou. E sua filha é igual a você. Você acabou de fazer a alegria dos inimigos de sua mãe, Hindou. Todos aqueles que a detestam vão apenas se deleitar com seu infortúnio. Você abriu a cabaça de leite e deixou as moscas se deleitarem!

— E fazer o quê, Nenné? — perguntou minha mãe.
— Eu não dormi no ponto como você diz. Me defendi como pude, mas muita gente estava atrás de mim. O que eu poderia fazer sozinha contra todos? Onde procurar essa famosa proteção? Você conhece alguém eficaz?
— Escutei falar de um grande feiticeiro em uma cidade aqui perto.
— Você pode cuidar disso?
— Amanhã mesmo, *inch Allah*. Enquanto isso, Hindou, levante-se, eu vou levar você de volta. Seja discreta, ignore Moubarak. Uma mulher não precisa sair de casa. Mesmo dentro de casa, você tem meios para mostrar a seu esposo que está com raiva. Compreenda que, ao contar certas coisas, não é ele que você humilha, é você mesma. E entenda de uma vez por todas que todas as suas ações recaem sobre sua mãe.
Moubarak teve, debaixo de meus olhos, relações com a amante dentro do quarto conjugal. Mas sou eu que estou errada. Sou eu que não tenho paciência!
Moubarak levou a amante para o lar conjugal e a culpa é das minhas madrastas que devem ter me lançado um feitiço. É culpa da minha sogra, que me detesta, é culpa da moça que o conquistou, é culpa de minha mãe que não soube se proteger e me proteger.
Amanhã mesmo Goggo Nenné vai tomar uma providência...

Ervas para me tornar invencível, *gaadé* para me dar o charme que tanto parece me faltar, pós para colocar no chá de Moubarak sem que ele saiba para amarrá-lo a mim, e vários outros produtos tão mirabolantes quanto: isso foi tudo o que Goggo Nenné trouxe do feiticeiro.

Mas nada parece funcionar! Nada é capaz de afastar Moubarak dos maus hábitos. Nem as ervas nem as preces nem a minha submissão e ainda menos minha paciência. Meu esposo mantém várias amantes, bebe, usa entorpecentes e sempre volta para casa tarde da noite. Ele continua a me bater, a despejar sobre mim insultos tão degradantes quanto humilhantes. Não é mais possível contar os hematomas, arranhões e escoriações que suas pancadas deixam em meu corpo — e tudo se passa com a maior indiferença dos membros da família. Todos sabem que Moubarak me bate e acham normal. É natural que um homem corrija, insulte e repudie suas esposas. Nem meu pai nem meus tios fogem à regra. Todos, um dia ou outro, tiveram que bater em uma de suas esposas. Eles não hesitam em insultar mulheres, crianças e empregados. Por que meu caso seria especial? Por que se importariam comigo? "É um direito divino", me disse um dia uma mulher estudiosa. "Está escrito no Corão que um homem tem a legitimidade de punir e de bater em sua esposa se ela for insubordinada. Mas também é proibido esmurrar o rosto dela", ela acrescentou, escandalizada com meu olho roxo.

Mal saí da adolescência e já começo a me curvar. É como se, inconscientemente, quisesse desaparecer debaixo da terra e me tornar invisível. A tez pálida, arrasto minha magreza esquelética. Flutuando em minhas *tangas*, continuo vagando ansiosa. Insone, passo agora as noites deitada no escuro, remoendo todo tipo de pensamentos mórbidos, e só de manhã cedo encontro um pouco de descanso, na hora da prece do amanhecer. Vivo não mais como no início, seguindo o ritmo imutável da grande concessão, mas em função dos humores instáveis de Moubarak, e dos não tão diferentes de minha sogra e do conjunto das mulheres da concessão. De fato, as mulheres convivem tanto que acabam se sentindo presas não só pelos muros altos que nos rodeiam como também pelas roupas cada vez mais escuras e pesadas que nosso tio Moussa nos obriga a usar. Não há um só dia em que elas não briguem ou mesmo se atraquem de tanto rodar em círculos como leoas em jaula.

Que tédio! A vida se esvai e todos os dias se parecem. Não temos mais nada a fazer além de cozinhar e cuidar das crianças. A monotonia nos consome e nos mata do amanhecer ao anoitecer e do anoitecer ao amanhecer.

O próprio Moubarak vive no ritmo das crises de nervos, pois não tem nenhum trabalho, nenhuma perspectiva de futuro. O pai dele está decidido a não conceder nenhum tostão para seu projeto de negócio e não hesita em chamá-lo de incapaz, de preguiçoso e de canalha irrecuperável. Desocupado, Moubarak não considera nenhuma tarefa digna e não aceita trabalhar para outra pessoa, quer empreender, mas perdeu todas as esperanças de qualquer ajuda de seus tios e afunda no alcoolismo.

Me tornei para ele sua coisa. Em mim, ele descarrega toda a raiva e rancor que tem pelo pai.

Eu não reclamo mais e só choro escondida, de noite, na intimidade de meu quarto. Não espero mais nada dos outros. Nem socorro nem esperança. Resignada, me conformo ao que todos esperam de mim. Não tenho ninguém em quem confiar. Entre as mulheres da concessão reina o não dito, a hipocrisia e a desconfiança.

Eu não fujo à regra: estou me tornando egoísta. Não estou bem, as outras também não, mas só me preocupo comigo. Minhas insônias se multiplicam e a falta de sono me dá dores de cabeça. Apesar de usar os medicamentos prescritos pelos médicos, os filtros recomendados pelos curandeiros, nada resolve. A prostração me rodeia e sinto uma angústia que nada é capaz de atenuar. Tenho cada vez mais formigamentos e cãibras nos membros, que me deixam sem forças. As pessoas ao meu redor, que veem naquilo um sinal de resfriado, me aconselham a me cobrir e ir para a cama. Mergulho cada vez mais na depressão e, às vezes, tenho crises convulsivas durante as quais, com a garganta fechada, me sinto sufocar. Com um nó no estômago, a morte me parece, cada vez mais, a única escapatória.

Uma noite, Moubarak volta depois da meia-noite, bêbado e raivoso como sempre, e exige que eu faça um mingau para ele. Me apresso, preocupada com a possibilidade de não encontrar tão tarde os ingredientes certos. Na pressa, não consigo acender o fogo. O tempo passa e me desespero para conseguir satisfazer a vontade de meu esposo.

Cansado de esperar, ele vai atrás de mim na cozinha. Ao descobrir que o fogo ainda está apagado, fica furioso. Um sorriso malicioso desfigura seu rosto. Nossos olhares se cruzam por um breve instante e, então, sem dizer nada, ele sai para o pátio. Procuro desesperadamente uma lenha quando um violento golpe nas costas me joga nas cinzas. Atordoada, consigo, por instinto de sobrevivência, enfrentá-lo e proteger meu rosto quando três golpes de guarda-sol, junto com vários chutes, recaem violentamente sobre mim.

— Faça logo esse mingau ou eu volto e acabo com você! — ameaçou enquanto voltava para o quarto.

Com o rosto inchado e o corpo cheio de escoriações, sinto o corpo inteiro tremer. Minha roupa está encharcada de urina. Preciso reacender o fogo, fazer esse mingau. Minhas mãos tremem tanto que derrubo no chão a pouca farinha que havia.

Moubarak não demora a voltar. Sua silhueta atlética surge na penumbra, sua sombra aterrorizante se destaca no batente da porta. No silêncio interrompido apenas por minha respiração, sinto o coração batendo forte e começo a implorar, batendo os dentes:

— Por favor, já estou fazendo! Por favor...

Afasto-me até a parede enegrecida pela fuligem e, no caminho, derrubo o prato com o resto de farinha, protejo meu rosto e repito com a voz entrecortada:

— Já estou fazendo, vai ser rápido! Mê um tempo e eu já levo...

— Está tudo bem, Hindou! Deixe para lá esse mingau. Eu não quero mais.

— Eu vou acender o fogo. Vou...

O pânico aperta minha garganta, me sufoca e me impede de respirar.

— Vai ser rápido! Já estou fazendo.

Quando ele se aproxima de mim, tremo tanto que, pela segunda vez naquela noite, urino em mim mesma. O líquido morno molha minha *tanga* ainda úmida, escorre pelas minhas pernas e deixa um rastro no chão empoeirado. Um vazio se instala em minha mente. Todo meu corpo se contrai com medo das pancadas. Estou aterrorizada.

Contra qualquer expectativa, meu terror o acalma e ele solta um suspiro.

Eu repito para ele, recuando ainda mais, como que para sumir dentro da parede:

— Eu vou fazer o mingau. Eu faço rapidinho.

— Venha — diz ele, segurando minha mão e me levando em direção ao quarto.

Ele parece mais calmo:

— Hindou, vá tomar um banho, eu espero — ele ordena ao fechar a porta.

— Eu vou fazer o mingau — digo, tomada de desespero.

— Vá tomar um banho — ele repete.

Em seguida, vendo que não paro de tremer, me empurra para o banheiro e diz:

— Acabou. Eu não vou mais te bater. Vá se lavar.

Eu tomo um banho e deixo a água escorrer em meu corpo machucado, como se fosse possível lavar meu sofrimento. Tento conter meus soluços, com medo de novamente atiçar sua ira, mas não consigo. Ele acaba me tirando do banheiro, trêmula.

Uma vez deitada ao lado dele, Moubarak me estupra como consolação, sem se esquecer de repetir que se apanho é por culpa minha, já que sempre consigo deixá-lo fora de si. Ele tenta me convencer a ser mais cuidadosa daqui para frente e acrescenta que me perdoa. Em um bocejo, Moubarak conclui:

— Não pense mais nisso. Eu entendi que realmente te deixei com medo. Não vou mais bater em você. É que eu estou muito irritado essa noite. Acabou! Durma, minha querida! Eu te amo, independente do que possa pensar.

Não consigo fechar os olhos. Ao meu lado, com o braço negligentemente largado em cima de meu corpo, meu esposo dorme um sono tranquilo. Minhas costas e meu pescoço, machucados pelas pancadas, doem cada vez mais. Naquela noite, tomo consciência do risco que corro. Se continuo a observá-lo, a aturá-lo sem fazer nada, Moubarak vai acabar me matando. A ternura após uma explosão de violência é um cenário que conheço bem e que não me engana mais. Sempre será assim. Ele vai me bater, fingirá arrependimento, prometerá nunca mais fazer isso... até a próxima vez. Eu sei.

Moubarak não vai mudar. Posso reclamar, mas sempre me dirão para ter paciência. Um pouco mais. *Quem tem paciência não se arrepende*, vão falar comigo. E se um golpe mal dado acabar comigo, será apenas a vontade de Alá.

Antes do amanhecer, tomei minha decisão. Apesar da dor, consigo me levantar e saio em silêncio do quarto, tendo o cuidado de fechá-lo delicadamente. Ainda está escuro. O muezim acaba de anunciar o primeiro chamado para a prece. No *zawleru*, o guarda dorme pesado e ronca ruidosamente. Coloco meu manto negro e, sem pegar mais nada, abro silenciosamente a porta de trás para entrar na noite escura.

Não tenho nenhum plano preciso. Não sei para onde ir. Sei apenas para onde não ir de forma alguma. Nem minha mãe, meu pai ou meus tios serão de grande ajuda. Não tenho amigos. Não tenho dinheiro suficiente, nem um lugar qualquer para me esconder. Mas é isso que devo fazer. Partir o mais rápido possível. Longe daqui, longe de tudo. Antes de amanhecer, devo conseguir a maior distância entre mim e Moubarak, entre mim e essa concessão.

ו

Meu pai se levanta bruscamente da poltrona, louco de raiva, e aponta para mim o dedo acusador.
— Diga a verdade e já. Você não precisa mentir, filha da puta. Eu sei que você foi para Gazawa! Quem você conhece em Gazawa? Um homem, é? Agora minha filha tem amantes!
— Não, Baaba! É que...
— Foi a sua mãe! Foi ela que te levou? — grita.
— Não.
— Muito bem! Eu vou te obrigar a dizer a verdade — ele diz, tremendo de ódio.
Eu já assisti às iras incontroláveis de meu pai, mas nunca vi seu rosto com tanta raiva. Sua indignação é tamanha que não me dá a possibilidade de me explicar, de contar tudo o que sofri nas mãos de Moubarak.
— Vou te matar!

Depois que fugi, minha família me procurou durante vários dias até descobrir, por um enorme acaso, que eu estava em Gazawa, uma localidade próxima a Maroua.

No dia em que saí de casa, sem destinação precisa, não havia nem mesmo imaginado as consequências de minha fuga, nem para mim e ainda menos para o resto da família. Sem ter nenhum plano em mente, peguei o primeiro ônibus que passou. Nas ruelas da pequena cidade, entrei na primeira concessão sem pensar demais. Durante um mês, dividi meus dias com meus anfitriões, uma família rural cuja esposa, Djebba, gentil e acolhedora, me ofereceu amizade e proteção. Sem me fazer perguntas embaraçosas, ela cuidou de minhas feridas, ferveu cascas medicinais e me deu para beber. A atenção que Djebba e os seus me deram me fez esquecer por um momento meu sofrimento. A lendária hospitalidade que vem do *pulaaku* ajudou a me sentir bem-vinda. Sabia que podia ficar o quanto quisesse, fazia parte da casa.

Durante esse tempo, minha família se perguntava o que teria acontecido comigo. Moubarak disse que fora uma briga banal. A família se mobilizou para me procurar. Todos, divididos entre a inquietação e a raiva, buscavam qualquer informação que pudesse levar a mim... até o dia em que um amigo da família se lembrou de ter feito o trajeto até Gazawa na companhia de uma mulher que se parecia com meu retrato, que haviam divulgado. Minha fuga chegou ao fim com o aparecimento de Goggo Nenné em minha nova vida, seguida por tio Yougouda.

Meu tio me levou de volta para casa *manu militari* e me pôs sentada na sala, exigindo que esperasse ali, sob a vigilância estrita de minha tia, que meu pai retornasse do mercado. Minha mãe veio ao meu encontro e me abraçou longamente. Tinha o rosto pálido e a expressão exaurida. Havia definhado, flutuava sob o vestido. Aos trinta e cinco de idade, por conta da preocupação, envelhecera dez anos em um mês. Ignorando seu sofrimento, meu pai não parou de atormentá-la, acusando-a de ser diretamente responsável por minha insubordinação.

— Ó, Hindou! O que você fez? Você não tem pena de mim?

Eu estava aos prantos.

— Moubarak me espancou naquela noite. Fiquei com tanto medo, mas sabia que se voltasse aqui vocês me levariam de volta na mesma hora — disse me justificando.

— É claro que te levaríamos de volta — disse severamente Goggo Nenné. — Você não é a primeira nem a última a apanhar de um homem. Isso não é razão para desaparecer dessa forma. A gente com certeza encontraria uma solução. Você não é uma folha morta à mercê do vento. Você tem uma família para te proteger.

— Mas só o que vocês fazem é me dizer para *ter paciência*.

— O que é normal. A paciência é uma prescrição divina. Ela é a primeira das respostas. Ela é a solução para tudo.

— Uma vez, meu esposo me deu um soco que me derrubou. E eu caí inconsciente no *canari*, o jarro onde conservamos a água fresca, que se quebrou com meu peso e fez um corte profundo em meu braço. Sem se preocupar, Moubarak saiu e só voltou quando estava amanhecendo. Eu voltei à consciência no meio da noite, com os cabelos cheios de formigas, o corpo ardendo e as roupas ensopadas de sangue coagulado. Eu mandei te chamar, minha tia, e te contei tudo. Você só me disse para ter mais paciência. Eu também contei tudo para minha sogra, mas ela também me pediu para ter paciência.

— E foi por isso que decidiu ir embora? — perguntou Goggo Nenné com um tom de desprezo. — Parabéns, você encontrou a solução!

Não disse nada, mas levantei o corpete e mostrei minhas costas nuas, com os grandes hematomas que ainda podiam ser vistos. Com o tempo, eles ficaram com uma cor mais escura, o que fez minha mãe dar um grito de horror.

— Ó, Hindou! Com o que ele fez isso em você? Por que você não me disse nada?

— O que você fez com Moubarak para que ele bata em você com tanta fúria? — disse minha tia, friamente. — Que Alá nos guarde. Francamente, você e seu esposo se merecem. Não vale a pena entrar nas histórias de vocês dois.

— Eu não quero mais ter paciência! — gritei aos prantos. — Não aguento mais. Estou cansada de aguentar, tentei suportar, mas não é mais possível.

Não quero mais ouvir *paciência*. Nunca mais me diga *munyal!* Nunca mais essa palavra!
— Você já suportou muita coisa, Hindou. Mais do que devia, talvez — disse minha mãe, me reconfortando enquanto eu chorava ainda mais.
— Você explicará tudo isso a seu esposo, Amraou! — concluiu secamente Goggo Nenné, virando-se em direção a minha mãe.

Agora, estou diante da fúria de meu pai, que não me deixa falar:
— Então? Quem você foi ver em Gazawa? Não quer responder, é isso? Está achando que já é grande? Que pode fazer o que quiser?
A crise familiar atingiu toda a família. Meus irmãos estão no pátio, tentando escutar o que é dito. Minhas madrastas se juntaram na janela para escutar. Quanto a meu esposo, meu pai também o convocou. Ele espera em uma cadeira na varanda. Não parece estar mais calmo que eu e rói as unhas. Por um instante, nossos olhares se cruzam e ele abaixa os olhos.
Meus tios Hayatou e Yougouda também estão sentados na sala, o rosto sério, enquanto minha mãe, no banco dos acusados, assim como eu, se encolhe no tapete diante da fúria intransigente de meu pai.
— Será que você vai, enfim, me responder? — esbravejou.
No auge da angústia, gaguejo.
— Me desculpe.

— Desculpas?
Ele entra como um louco no quarto e volta com um chicote com o qual me bate na espádua. Os golpes soam no ar. A angústia que me estrangulava desde a manhã transforma-se num verdadeiro terror. Procuro um lugar para me proteger dessa explosão de violência, meu pai perde completamente o controle.
— Você vai dizer a verdade! Com que homem você estava? Desde quando você tem um caso?
— Eu juro, Baaba, que não fiz nada! Eu fugi porque Moubarak me bateu.
— Sua puta! Você vai confessar agora com quem você estava. Seu esposo te bateu e aí você pode ir procurar outro, é isso?
A tira do chicote dilacera minha pele, rasga a *tanga* que estou usando. Moubarak e meus tios assistem, impassíveis, a esse flagelo.
Quando meu pai considera a punição suficiente, dirige sua raiva para minha mãe. Ela não se mexe, não chora e recebe os golpes estoicamente, sem pestanejar. Apenas os olhos, cheios de lágrimas, brilham mais forte que de costume. Ela não se protege. Permanece imóvel e olha para meu pai com um ar de desafio, na mesma medida da raiva surda que arde no fundo de seu coração. Toda a concessão prende a respiração. Então meu tio Yougouda, sem sair do lugar, intervém:
— Já chega! Não bata mais nela na frente da filha!
Meu pai, após um último chute, joga o chicote, enxuga o suor do rosto e depois toma um gole de água. Ainda bastante furioso, dirige-se a minha mãe:

— Você não passa de uma incapaz! Eu te repudio.

— Não! — interrompe bruscamente tio Hayatou. — Não a repudie. Não é culpa dela.

— Foi ela quem estragou essa menina. Ela cede a todos os caprichos! Certamente sabia de tudo.

— Você já a corrigiu. Ela entendeu. *Munyal*. Paciência.

— Não sei de nada, Alá é testemunha —minha mãe se justifica. — Mas pode me repudiar se quiser. De qualquer forma, eu vou embora, mesmo se você não me repudiar. Eu também estou cansada. Eu também já aturei demais, já suportei demais.

— Amraou, cale a boca e volte para seus aposentos. Você não vai a lugar nenhum e não será repudiada — interrompeu tio Yougouda. — Seja paciente! A vida é feita de paciência. A gente nunca tem paciência demais. Quem tem paciência nunca se arrependerá e ninguém é mais paciente que Alá. Quando somos pais, devemos assumir. Você também, Boubakari, seja paciente.

Meu pai se acalmou. Ele está aliviado por poder se reconciliar com sua favorita sem perder a palavra, volta a se sentar e, dirigindo-se a ela, acrescenta com uma voz doce:

— Pode voltar para os seus aposentos.

Minha mãe, sem olhar nem para mim nem para ele, levanta-se sem dizer nada, conserta o véu e sai do cômodo, altiva. Eu sei, por conhecê-la, que ela irá embora, nem que seja por orgulho. E eu sei também que, como sempre, meu pai a trará de volta, usando toda persuasão necessária, com muitas promessas e presentes caros.

Com uma voz forte, Tio Hayatou chama, então, Moubarak.

— Quanto a você, eu também estou sabendo do seu comportamento. Preste atenção, Moubarak! Não vai te servir de nada se comportar como um canalha. A gente já soube que você maltrata sua esposa, que você se droga e que bebe. Isso não é correto. Além de ser sua esposa, ela ainda é sua prima, e você deve protegê-la. Que essa seja a última vez que sei que você bate nela. Quando a gente se casa com uma desconhecida, devemos a ela respeito. Quando a gente se casa com alguém da família, devemos a ela duas vezes mais. Você quer dividir a família ou o quê? Você não é inocente no que aconteceu.

— É claro, meu tio. Entendi e estou consciente.

— Não te dei minha filha para você maltratá-la, Moubarak. Se você não a quer mais, é só mandá-la de volta — disse meu pai grosseiramente.

— Eu peço desculpas, meu tio. Não vou mais maltratá-la, *wallahi*, eu juro por Alá. É claro que eu a amo. E estou muito feliz com ela. Eu sinto muito, de verdade.

— De qualquer forma, você está avisado e é a última vez — acrescenta meu pai com firmeza.

Tio Hayatou se vira, então, em minha direção:

— Essa história está definitivamente enterrada, Hindou. Compreenda que se somos tão severos, é para te proteger das turbulências dessa vida e da outra, e isso porque você é nossa filha e nos preocupamos com você. Apenas uma pessoa que te ama pode te repreender. As outras ficam indiferentes se você se perde. Espero que daqui para frente você se comporte, respeite seu esposo e preserve sua honra e a da sua família. Se ele te bater de novo, venha me contar. Se ele te ofender, não hesite em me informar. Eu vou encontrar uma solução radical. Você ouviu o que o seu pai disse. Se seu esposo te fizer alguma coisa, caberá a nós te defender. Você não deve procurar soluções sozinha. Agora, Moubarak, pegue sua esposa e leve-a de volta para casa. Eu repito, isso tudo é culpa sua. Você fica vagando o dia inteiro sem fazer nada e volta tarde da noite para ameaçar sua esposa. Venha me ver amanhã em meu escritório. Já passou da hora de você assumir suas responsabilidades.

Meu pai já havia mudado de assunto, ocupado conversando ao telefone com entusiasmo. Foi sem nenhuma palavra que segui Moubarak. Quando entrei em meu quarto chorando com todas as forças, ele se contentou em fechar a porta devagar. Alguns minutos mais tarde, voltou, cuidou de minhas feridas e me deu alguns comprimidos, que tomei sem medo, e depois me encolhi em minha cama. Apenas um gemido de tempos em tempos quebrava o silêncio. Nenhuma palavra foi pronunciada. A vida retomou seu curso normal.

Fazia então um ano que estava casada. E estava grávida. A noite do estupro e de minha fuga para Gazawa marcava o começo de uma vida que se agarrava a minhas entranhas. Nem minhas angústias, nem minha amargura, nem a brutal reprimenda que meu pai me deu foram capazes de dissuadir a criança de crescer em meu ventre. Ela parecia determinada a viver.

V

Estou mudada. Dizem que estou doente. Talvez seja verdade. Não sei. Estou muito cansada para pensar nisso. Durante nove meses, vivi minha melancolia e minha gravidez. Com a violência infligida, meus nervos ficaram à flor da pele. Qualquer barulho me assusta. Sinto um mal estar constante no estômago. Tenho um nó de angústia no fundo da garganta o tempo todo. A tristeza dos primeiros dias deu lugar ao silêncio e à depressão. Já não falo mais, não saio do quarto, as cortinas estão sempre fechadas. Não tenho nenhuma energia. Até a gentileza de Moubarak, que se mostra um pouco mais calmo, me deixa indiferente. Minha gravidez é difícil. Não aguento mais as náuseas. Tornei-me anorética, quase não como mais.

Estou mudada. Agora escuto vozes. Começou no dia do parto. No fim do sétimo mês, Goggo Nenné se instalou em minha casa, por causa de minha fraqueza extrema, e me acompanhou até a maternidade. As contrações cada vez mais fortes estrangulavam meu baixo ventre. Eu estava sentada em uma cama aguardando o momento do parto. Minha tia, ao meu lado, sussurrava as últimas recomendações:

— Paciência, *munyal*, Hindou! Já te dissemos isso. Uma fulani não chora no parto. Não reclama. Não se esqueça. Em todo instante de sua vida, você deve se controlar e controlar tudo. Não chore, não grite, nem fale nada! Se você chorar em seu primeiro parto, vai chorar em todos os outros. Se você gritar, sua dignidade estará perdida. Sempre terá alguém para contar para o bairro inteiro que você é uma medrosa. A gente aperta os dentes, mas não morde os lábios. Se você morder os lábios, poderá perfurá-los quando a dor estiver muito forte, sem nem se dar conta. É a vontade de Alá dar à luz com dor, mas uma criança não tem preço. Paciência! É por causa dessa dor que dizemos que o parto é o *jihad*[14] das mulheres. É por causa dele que vamos direto para o paraíso, se morremos no parto. É por causa dele que o filho sempre será grato à mãe.

Na voz de minha tia, escutava a de meu pai, que se sobrepunha pronunciando as mesmas palavras. *Munyal, munyal!* Paciência.

Eu não chorei. Não gritei, nem derramei uma lágrima. Eu também não reclamei quando minha tia me deu o tradicional banho fervente e me fez as massagens energéticas com água em ebulição que, diziam, fariam minhas feridas se curarem mais rápido.

— *Munyal!* É como eu a aconselhei, Hindou! Uma mulher recém parida que não se lava corretamente contrai imediatamente uma doença incurável. Uma mulher que acaba de parir tem o corpo delicado e vulnerável. Deve receber massagens e banhos ferventes. Quentes não, ferventes. A água deve estar no ponto de fervura. Tem também que tomar mingau, sopas quentes, consumir muita carne e leite.

Eu me deixava levar sem dizer uma palavra. Meu desapego surpreendia minha tia. E também meu desinteresse em relação à recém-nascida.

É uma menina. Dizem que é bonita e se parece comigo. Para tentar recuperar a própria imagem, Moubarak deu à pequena o nome de minha mãe. Que genro atencioso!

Estou mudada. Dizem que estou possuída. Que um *djinn* mau me assombra. É normal, uma jovem que acaba de parir ter o corpo frágil e sem defesa. Os maus espíritos que vagam podem tomar conta. Isso, a gente já sabia! Minha família está inquieta. Estou mudada. Não estou doente. Estão fazendo alarde por nada. Estou apenas oprimida. Por que me impedem de respirar? Sinto-me sufocar na penumbra deste quarto. Dizem que estou louca. Isso me preocupa um pouco. Será que estou mesmo? Todas essas pessoas ao meu redor me deixam ansiosa. Esses olhares inquisidores. Eles falam cada vez mais abertamente sobre meu estado. Tenho medo dos horrores, cheios de certezas, que eles disparam. Estou desconfiada. Será que mudei? Dizem que estou louca! Por toda a casa, alto-falantes transmitem o Corão. Há barulho. Muito barulho. Isso me causa um zumbido na cabeça. Muitas pessoas falam ao mesmo tempo. Eu grito para me fazer ouvir. Grito para parar esse tumulto que martela meu cérebro. Olham para mim com tristeza. Devo realmente estar possuída! Não é um barulho, é só a recitação do Livro Sagrado.

Dizem que estou louca e que estou mudada. Quanto tempo se passou desde que fiquei no meu quarto, vigiada de perto por minha tia ou por minha mãe? Quantas sessões de oração os feiticeiros sussurraram acima da minha cabeça? Quantos litros de água benta aspergiram em mim e me fizeram engolir? Quantos litros de chá de raízes de *gaadé* me fizeram beber? Quantos quilos de ervas foram queimados para que eu respirasse a fumaça?

Tenho a impressão de sufocar, de procurar, em vão, o ar e não conseguir respirar. De ver à minha volta apenas fantasmas. De não mais conseguir reter nenhuma informação. Eu existo sem existir.

Tenho vontade de gritar sem conseguir abrir a boca, de chorar sem ter lágrimas, de dormir sem nunca acordar.

Dizem que estou doente e que não deveria me mexer. Dizem até que estou me tornando perigosa. Esse *djinn* que me possui deve ser homem, pois não suporto mais a visão de meu marido e nem mesmo a visão, bastante infrequente, de meu pai ou de meus tios. Esse *djinn* deve estar apaixonado por mim! Dizem que deve ter entrado em meu corpo quando eu era mais jovem. Certamente, depois de uma visita que fiz a meus avós. Porque na casa deles tem um grande baobá. E todos sabem que os baobás são as casas dos *djinns*!

Foi confirmado que estou louca. Começaram a me amarrar. Parece que estou tentando fugir. Não é verdade. Tento apenas respirar. Por que me impedem de respirar? De ver a luz do sol? Por que me privam do ar? Não estou louca. Se não como, é por causa do bolo que tenho no fundo da garganta, do estômago tão embrulhado que nem uma gota de água pode chegar até lá. Não estou louca. Se escuto vozes, não é a do *djinn*. É apenas a voz de meu pai. A voz de meu esposo e de meu tio. A voz de todos os homens da família. *Munyal, munyal!* Paciência! Vocês não estão ouvindo? Eu não estou louca! Se tiro minha roupa, é para melhor respirar todo o oxigênio da Terra. É para melhor sentir o perfume das flores e melhor sentir o sopro de ar fresco em minha pele nua. Muita coisa já me sufocou da cabeça aos pés. Dos pés à cabeça. Não, não estou louca. Por que vocês me impedem de respirar? Por que vocês me impedem de viver?

# SAFIRA

*A paciência é uma arte
que se aprende pacientemente.*
Grand Corps Malade[15]

Paciência, *munyal*, Safira! Lembre-se de que ninguém deve desconfiar de seu rancor. Ninguém deve saber de sua tristeza, de sua raiva ou de seu ódio. Não se esqueça. Controle-se! Sangue frio! Paciência! Eu engulo as lágrimas, levanto os olhos para o céu para impedi-las de rolar. Minha tia continua:
— Essas mulheres, todas elas, vão tentar derrubá-la. Elas vão espiar para surpreender seu desespero ou sua hostilidade em relação a elas. Sem exceção, vão esperar o momento em que você falhar. Tudo vai acontecer nesse momento. Basta que você mostre sua dor para que elas riam de você. Você só precisa enfraquecer por um segundo para que sua coesposa tome o controle para sempre. Não há pior inimigo para uma mulher que outra mulher! Nunca dê a ela a oportunidade de falar mal de você. Controle-se, fique firme e não esmoreça.
— *Munyal!* — acrescentou uma amiga de minha mãe. É no momento da provação que aconselhamos a ter paciência. Permaneça estoica diante das adversi-

dades. Ninguém, Safira, ninguém deve saber que você está triste. A inveja é um sentimento vergonhoso. Você é muito nobre para sentir isso, não é?

Meu esposo arrumou uma nova mulher.

— Seduza-o com um comportamento generoso, com uma presença agradável, com uma comida saborosa. Mostre a ele que nenhuma mulher será melhor que você. A vantagem da poligamia é poder testar o amor dele e seu poder sobre ele. Você é a primeira esposa. Nenhuma das que virão serão tão preciosas quanto você. Nenhuma poderá viver o que vocês viveram. Nenhuma poderá dar a ele filhos como você deu. Você é privilegiada e será para sempre. A primeira esposa! A *daada-saaré!* Sim, é verdade que o dividirá com alguém. Mas quando foi que um homem pertenceu a uma só mulher?

Já faz alguns minutos que as buzinas estridentes dos carros que entravam na grande concessão ressoam em uma algazarra ensurdecedora, na qual é possível também ouvir os tambores e os trompetes dos *griôs* que, desmesurados, cantam louvores a Alhadji Issa e sua nova esposa. Os gritos das mulheres ressoam. Os parentes da jovem noiva anunciam a sua chegada triunfal, com exuberância e veemência.

Engulo as lágrimas e me levanto de uma vez.

— Onde está indo, Safira? — sussura Halima, minha amiga íntima, tão angustiada quanto eu.

— Ao banheiro.

— Controle-se. Sei que não é fácil, mas aguente, estou com você.

O espelho me mostra um rosto pálido debaixo da maquiagem exuberante. Meus olhos estão contornados com *khôl* escuro, delineador e rímel, meus lábios redesenhados por um vermelho vivo. De cabeça baixa, me apoio na pia e tento mais uma vez me controlar. Não devo chorar, pois os olhos sempre entregam as fraquezas do coração, mesmo as mais ocultas.

Vesti uma *tanga* que Halima tinha acabado de buscar no costureiro. Uma *tanga* escarlate, brilhante, de seda fina. Lembranças de minha recente viagem a Dubai, minhas joias de ouro brilhavam na luz artificial das lâmpadas fluorescentes. Assim como, sem dúvida, as da nova esposa, minhas mãos e minhas pernas estavam tatuadas com arabescos de hena negra. Devo aparecer em minhas melhores roupas para enfrentar estoicamente uma celebração à qual, definitivamente, não devo sucumbir. Não, não vou me conformar em ser a vítima.

Da janela, o *griô* glorifica a beleza de minha nova coesposa. As palavras dele perfuram meu coração:

— Eu vou descrever a vocês Ramla, a noiva, Ramla, a bela, a morena, a graciosa, incomparável a qualquer outra mulher. Ela tem três partes negras, três brancas, três bem fornidas e três magras. Gengivas negras, cabelos negros e olhos negros. Dentes brancos, olhos brancos e palmas das mãos brancas. Ela é delgada, parece uma vespa! Tem um pescoço fino, parece filha de uma girafa. E seus pés também são finos. Tem as

maçãs do rosto, os braços e as nádegas bem fornidas. Ramla, a bela, a incomparável...
Minha tia Diddi bate à porta e me afasta de meus pensamentos tristes:
— Safira, o que está fazendo?
— Já vou!
— A família de seu marido a aguarda para irem juntos receber a noiva.
Repito em um tom surdo:
— Já vou.
— O que você está fazendo, Safira?
Minha respiração fica curta e faço uma prece muda a Alá, sem a convicção de que serei atendida. Meu Deus, como encarar essa moça pouco mais velha que minha própria filha e que tem a audácia de tomar meu esposo? Como suportar isso? Como estar de cara boa como exigem as conveniências? O que fazer para não perder a compostura?
Engulo as lágrimas e me curvo até a água da torneira, engulo um pouco e respiro profundamente várias vezes, tentando acalmar a cadência infernal dos batimentos do meu coração. Então, saio do banheiro, com um andar determinado.
Meus aposentos, que sempre me pareceram grandes e luxuosos, de repente me parecem exíguos: mal consigo respirar ali. Daria qualquer coisa para estar em outro lugar. Qualquer lugar.
Elas estão todas ali, parentes e amigas. Estão com um semblante triste, em sua maioria, sinceras. Não consigo acreditar que é verdade, que aquilo que temia

há vários anos acabou acontecendo, que vivo agora o pior de meus pesadelos. Queria abrir a boca e gritar todo meu ódio. Queria acordar e perceber que era apenas um sonho ruim. Mas, bem amparada, avanço em direção à porta, esplêndida e soberana. Não, não me deixarei rebaixar. Levanto ostensivamente a cabeça e dirijo um sorriso resplandescente à minha cunhada, que me espera na entrada da varanda. Então, com uma voz segura, digo:

— Parabéns, irmã mais velha. Finalmente temos uma nova esposa! *Barka!* Leve-me para ver e acolher nossa recém-casada, nossa *amariya*.

As mulheres invadiram o grande aposento de Alhadji Issa. Minhas parentes, sentadas em volta do tapete, formam um semicírculo em torno de mim. A família de minha coesposa faz a mesma coisa. Diante de mim, colocam com cuidado a jovem noiva que acabam de buscar no quarto conjugal. Ela está completamente coberta debaixo de seu *alquibbaré* brilhante, mas é possível ver debaixo uma tanga tão cintilante quanto a minha. Tenho tempo de apreciar as belas tatuagens de hena, a pureza de sua pele, a fineza de suas mãos. Ela permanece de cabeça baixa e o capuz de sua capa cobre completamente seu rosto.

Minha cunhada, irmã mais velha de meu esposo, começa:

— Safira, aqui está sua nova esposa.
— Muito bem.

— É sua irmã! Sua caçula, sua filha, sua esposa. Você deve educá-la, dar-lhe conselhos, mostrar-lhe o funcionamento da concessão. Você é a *daada-saaré*. Você será para sempre e definitivamente a *daada--saaré*, mesmo que seu marido se case com outras dez, e isso é uma enorme responsabilidade. Safira, a *daada-saaré* é a dona da casa. Se o lar vive em harmonia, é mérito dela. Ela goza, então, de grande estima. Mas se, ao contrário, há discórdia, então, será culpa dela. E é você, Safira, a *daada-saaré*. Assim sendo, prepare--se para aguentar. A *daada-saaré* é o bode expiatório da casa. Ela é o pilar da casa e de toda a família. Cabe a ela se esforçar e aguentar. Ela deverá manter o autocontrole para sempre, o *munyal*. Safira, paciência! Você é a *daada-saaré, jiddere-saaré. Munyal, munyal...*

Então, ela se vira em direção à recém-casada:

— Ramla, agora você é a irmã mais nova de Safira. A filha dela, assim como ela se tornou sua mãe. Você deve a ela obediência e respeito. Você confiará nela, pedirá conselho e seguirá as ordens dela. Você é a caçula. Você não tomará a iniciativa em relação à gestão da concessão sem a permissão da *daada-saaré*. Ela é a dona da casa. Você é só a irmã mais nova. A você, as tarefas ingratas. Obediência absoluta, paciência diante da raiva dela, respeito! *Munyal, munyal...*

Concordo balançando a cabeça, com um sorriso vago nos lábios. Neste exato momento, queria arrancar as entranhas de minha cunhada, pois sei que ela está bem feliz com meu desapontamento. Quantas vezes, ao longo dos anos, ela me acusou de monopolizar o irmão? Quantas vezes reclamou de nossa convivência? A raiva que sinto me anima e me enche de energia.

Uma parente de minha coesposa toma a palavra:

— Hadja Safira, você é a *daada-saaré*. É a você que entregamos hoje nossa filha. Cabe a você colocá-la debaixo de sua asa e ensiná-la a ser uma esposa. Cabe a você protegê-la e ajudá-la. Ela é sua irmã mais nova, sua filha. A entregamos a você mais que a seu esposo, pois, mesmo contra ele, você deverá defendê-la.

— Sim, é claro!

Outra mulher completamente coberta acrescenta:

— Um dia, um homem veio ver o Profeta e disse a ele: "Ó servidor de Alá, gostaria de viver com você; se aceitar, nunca mais brigaremos. E se um dia o fizermos, não vamos nos reconciliar, pois sou rancoroso!" O Profeta, em sua grande sabedoria, respondeu a ele: "Vá embora, não vou morar com você." Outro homem veio vê-lo e disse: "Ó servidor de Alá, gostaria de morar com você! Vamos brigar com frequência, mas nos reconciliaremos imediatamente". E o Profeta concordou: "Sim! Poderei viver com você, pois Deus não gosta das brigas que se eternizam". Tudo isso para mostrar a vocês, Safira e Ramla, que, na coabitação, disputas e mal-entendidos não faltam. Até os dentes, condenados a conviver com a língua, não conseguem se impedir de mordê-la com frequência.

Vários outros conselhos são dirigidos à nova esposa. Enfim, é possível me retirar. Saio do aposento de meu esposo, deixando o lugar a outra. Ele será exclusivamente dela por uma semana. Em seguida, nos alternaremos e dividiremos o marido.

Acabou. O aposento de meu esposo não é mais acessível a mim. A partir de agora, devo aguardar meu *walaande* antes de entrar lá, assim como devo aguardar minha vez de vê-lo e conversar com ele. Meu coração está apertado. Não estou mais sozinha em minha casa. Não sou mais uma mulher amada. Agora, sou apenas uma esposa, apenas uma mulher a mais. Alhadji Issa, meu amor, não é mais meu amante. A partir desta noite, ele estará nos braços de outra e, só de imaginar, me sinto desabar. Independente do que ele disser, nada será como antes. O coração de um homem pode realmente se dividir entre duas mulheres?

Halima aperta gentilmente meu braço e, enquanto minhas parentes, que estão na sala, comentam o que acabou de acontecer, revendo as joias da noiva para melhor sondar a riqueza de seu pai, conversando sobre os membros da família da noiva, cujo véu integral faz aumentar ainda mais a curiosidade, refugio-me em meu quarto e deságuo em pranto.

Halima vem ao meu socorro e tranca a porta:

— Ó, Safira, não dê esse prazer a elas. Você aguentou até agora. Todo mundo queria te ver abatida. Não deixe que as pessoas comentem sua tristeza. A noiva está aqui, com certeza! Mas será que vai durar? Cabe a você fazer com que ele se arrependa da decisão e volte rapidamente para você. O mais importante não é a cerimônia de casamento, mas o que vem depois. Nada garante que ela será uma boa esposa ou mesmo que ela vai aturá-lo. Além do mais, faz quase vinte anos que você está aqui. E as coisas não foram sempre cor-de-rosa!

— Ela é tão jovem, tão bonita!

— Como você viu a beleza dela, Safira? Ela estava de cabeça baixa e coberta por tecidos pretos! Você está delirando! O seu ciúme está te confundindo.

— Ela é tão clara, quase branca!

— Não é por isso que ela é bonita. Você viu apenas a pele dela e está deduzindo que ela é bonita. Você também tem a pele clara. Ninguém liga para isso. Imagina se só as mais claras são mais bonitas. Diga uma coisa, Safira, onde está a lixeira onde jogam as mulheres mais escuras para eu me jogar nela com minha detestável pele negra — disse ela, sorrindo para relaxar o clima.

— Eu não vou apoiá-lo! Não sou capaz de dividi-lo. Ainda mais com uma moça tão jovem. Mais nova que nossa primeira filha. Como imaginar que minha filha poderia ser minha rival? Como lutar com a própria filha? Já estou tão velha!

— Você tem trinta e cinco anos. Não está velha. Em nossa idade, em algumas culturas, as mulheres ainda nem se casaram. Não é para te adular, Safira, mas você ainda é jovem e bela. O novo casamento dele não tem nada a ver com você.

— Tudo estava tão bem entre nós. Por que ele estragou tudo?

— Porque ele é homem, minha querida. Você está triste por nada, na verdade. Ele vai dormir com ela e, tão logo passe o interesse pela novidade, ele voltará.
— Eu não vou apoiá-lo. Só de pensar que ele foi...
— Não seja inocente, Safira! Quem te disse que ele foi fiel esse tempo todo? Vá lavar o rosto. Ouço a voz aguda de sua cunhada. Ela ficará muito feliz em ver suas lágrimas.

Para minha grande surpresa, meu esposo me chamou algumas horas mais tarde. Antes de ir, lavei por um longo tempo meu rosto com água fria para apagar qualquer traço de lágrimas e me maquiei novamente com cuidado. Nossos olhos se cruzaram um instante e, diante de mim, ele abaixou os olhos. Sentei-me calmamente em uma poltrona. Meu coração batia forte. E meu rancor se desfez diante dele e deu lugar a uma imensa tristeza. Cruelmente, tomei consciência dos meus sentimentos durante todos aqueles anos e da dor de saber que, para ele, a página estava virada. Eu não era mais aquela a quem ele amava e cuidava. Era uma de suas esposas. A mãe de seus filhos.

Durante vinte anos, empenhei-me por nosso amor. Desse amor, entretanto, restava apenas o que sentíamos por nossos filhos.

Sentado em um sofá, ele estava casualmente vestido com um *boubou*[16] de dormir que eu nem conhecia. Mal olhou para mim. Eu já era invisível para ele. Ele nem percebeu minha nova tanga ou minhas tatuagens de hena. Chamou a nova esposa e pediu que ela se sentasse ao meu lado. Ela estava de cabeça baixa, ainda coberta pelo véu. Um silêncio pesado se abateu, perturbado apenas pelos suspiros e lágrimas da jovem.

Orgulhoso, Alhadji disse:
— Safira, aqui está sua irmã, Ramla. Acho que você já a conheceu.
— Sim.
— O que você acha? Ela é bonita, não é?
— Muito. Que Alá nos conceda a alegria.
— *Amine!* E você, Ramla, você já viu sua *daada-saaré?* Sei que vocês já receberam instruções e conselhos tanto da parte da família de vocês quanto da minha. Mas, de qualquer forma, quis reunir vocês duas hoje para explicar o que espero de vocês. Isso se resume em uma só palavra: harmonia. Definitivamente, não quero desordem em minha casa. Nunca aceitarei que meu lar se torne um campo de batalhas e um lugar de discórdia como tantos por aí. Espero viver tranquilamente, sem dores de cabeça ou outras preocupações. Espero que minha casa permaneça um lugar de quietude e de serenidade como sempre foi. Safira, você me conhece bem. Não suporto mal-entendidos e conflitos. Já aviso às duas, é melhor vocês se entenderem e me fazerem feliz. Está claro?

Como nenhuma das duas respondeu, ele se virou em minha direção:
— Safira, eu digo novamente diante de sua coesposa. Estamos juntos há vinte anos e até hoje não tinha me casado novamente. Se faço isso agora, não é por ter

alguma recriminação em particular a fazer. Já te disse isso. Se dei a você a mesma quantidade de presentes que dei a minha nova esposa, o que não é comum, pois poderia ter dado a você apenas a metade ou menos, é exatamente para que você saiba a estima que tenho por você e por nossos filhos. Espero que seja compreensiva e digna de minha confiança, como tem sido há tantos anos.

Dirigindo-se à nova esposa, ele continuou:

— Ramla, a compreensão sempre reinou nesta concessão. Casei-me com você para ser ainda mais feliz. Não me entenda mal, minha primeira esposa tem um lugar intacto em minha casa e em meu coração. Espero que a respeite, que siga as instruções dela. Se você um dia a machucar, saiba que terá me machucado também. Ela deve desfrutar de toda a sua consideração. Se vocês se comportarem bem e me deixarem feliz, não terei uma terceira esposa.

Ele se calou por um instante e, então, concluiu:

— Safira, pode ir. Boa noite!

Lágrimas silenciosas rolavam em meu rosto sem que eu pudesse me conter. É claro que eu não gostava da ideia de que minha coesposa visse minha tristeza e meu abatimento, mas depois de um dia daqueles, simplesmente permiti que minha tristeza explodisse. Acabava de ser dispensada, convidada a desocupar o lugar pela semana prescrita. Meu marido já havia se levantado. Andando à minha frente, me acompanhou sem dizer nada até a porta, que fechou com cuidado atrás de mim. As luzes se apagaram uma após a outra. Eu me senti desmoronar. Passando por cima das mulheres sentadas em minha sala, corri de volta para o meu quarto e desabei em lágrimas.

٢

Vou a Iaundé. Tenho alguns negócios urgentes para resolver.
— Que bom!
— Na verdade, vou levar Ramla comigo.
— O quê?
— Isso mesmo que você ouviu — disse ele friamente.
No oitavo dia, era minha vez. Meu *walaande!* A lua de mel instituída pela religião acabou e, então, Alhadji deve se dividir entre mim e a nova esposa. Eu me preparo para rever meu marido.

Quando ele me anunciou o desejo de ter uma nova esposa depois de vinte anos de casamento, tomou uma decisão unilateral que, de acordo com ele, não tinha nada a ver comigo. Valeu-se de seu direito e se negou a conversar. No entanto, eu era livre para recusar esse novo arranjo e, neste caso, ele poderia me liberar. Mas entre o desejo de se casar novamente e o desejo de me manter, ele já havia feito sua escolha. E deixou bem claro qual seria a decisão mais sensata para mim:

— Abra os olhos, Safira — ele me disse. — A poligamia é normal e até mesmo indispensável para o bom equilíbrio da vida conjugal. Todos os homens importantes têm várias esposas. Até os mais pobres também têm. Veja! Seu pai também é poligâmico, não é? Se não for comigo, vai acabar sendo com outro. Você nunca estará sozinha na casa de um homem. Você deveria agradecer a Alá por ter sido a única durante todos esses anos. Você aproveitou bem a juventude sem dividir. É egoísmo seu agora ficar amargurada. E, além do mais, será que você é mais sábia que o Todo-Poderoso, que autoriza os homens a terem até quatro esposas? Você é mais importante que as esposas do Profeta que aceitaram com dignidade a poligamia? Você acha que é um homem para poder afirmar que não podemos amar várias mulheres ao mesmo tempo?

O oitavo dia é meu dia de estar com meu marido. Ele sabe disso e, mesmo assim, decidiu levar Ramla em sua viagem. No oitavo dia! Logo após se barbear, ele entra em meu aposento. Vestido com uma nova *gandoura* branca, ricamente bordada em prata, me informa friamente sobre a viagem.

Respondo a ele, febrilmente:

— Você vai com ela?

— Você não precisa repetir o que eu acabei de dizer como se fosse uma novidade e estivesse surpresa. Parece até que eu cometi um crime. Vou te lembrar, já que tem a memória tão curta, que já te proporcionei várias viagens. Não tem nem quatro meses que você foi a Duala. E não tenho tempo para isso. Já estou indo. O voo é em uma hora e o aeroporto, muito longe.

— É minha vez essa noite! Você deveria estar comigo e não com ela de novo, sobretudo depois de uma semana tão longa com ela!

— Todo dia foi seu dia por vinte anos! — disse. — Não comece a fazer essas criancices. Você não tem vergonha de reclamar por causa de uma noite? Estamos casados há quanto tempo? Na verdade, não entendeu nada. Posso ser polígamo, mas, até que provem o contrário, sou um homem livre e faço o que eu quiser. Aqui está o dinheiro para qualquer imprevisto durante minha ausência — disse, deixando cair no tapete um maço de notas. — Eu não sei quando volto. Eu te ligo.

— Por quê? O que eu te fiz para você me machucar dessa forma? Por que você está partindo meu coração?

— Pronto, lá vem você de novo! O melodrama combina com você, te juro. Mas olhe para você, Safira! Parece até que está de luto. Olhe como você está desleixada. E seus olhos? Desde quando não veem um lápis? Você acha que é assim que vai me seduzir? Você devia se restabelecer — o mais rápido possível. Agora não tenho tempo para conversa, mas você está me decepcionando muito. Achei que tinha mais dignidade. Parece até que é a primeira mulher a ter uma coesposa! Tem só uma semana que Ramla está aqui e olhe para você! Que absurdo — diz ele ao ver minhas lágrimas rolarem. Beira o ridículo. Eu não quero me irritar, então, até mais!

Ele dá meia-volta como se tivesse pressa de desaparecer. Na sala deserta, o cheiro de seu perfume inebriante ainda permanece. Retiro-me para meu quarto. Pela janela, vejo-o alegre, saudando os "cortesões", mais íntimos que os empregados, menos que amigos, homens próximos a ele, que estão todos os dias na concessão, esteja ele presente ou não. O papel deles? Trazer as últimas notícias da região, fazer-lhe companhia, estar disponível para compras confidenciais ou de primeira necessidade. De bom humor, meu marido dá a ordem ao motorista para trazer o carro mais bonito, última aquisição que chegou há um mês de Dubai. Eu o vejo sussurrar alguma coisa para seu homem de confiança, que imediatamente desaparece e retorna alguns minutos depois com a nova esposa. Choro em silêncio, sem tentar conter as lágrimas.

Ramla é bonita. Seu perfil se destaca à luz do dia, que ilumina sua pele sedosa. Vestida com uma nova *tanga* bordada, ela usa magníficas joias de ouro. Os sapatos de saltos altos combinam com a bolsa. Ela deve ter refeito as tatuagens de hena negra, pois os desenhos se destacam em sua pele clara. Elegante, bem maquiada, ela entra sem timidez na parte de trás do carro, ao lado do esposo, que resplandece de felicidade. Porém Ramla está triste.

Permaneço ali, de pé em frente à janela, muito tempo depois de o carro ter desaparecido. É minha última filha, Nadia, que me retira de meus pensamentos:

— Mamãe! Mamãe, o que você está olhando?

— Nada. Vá brincar e me deixe em paz. Eu preciso descansar.
— Eu vi a nova titia. Ela saiu com o Baaba.
— Eu já sei, vá brincar.
— Ela é bonita e gentil também. Quando fui no aposento dela, ela me deu um biscoito. O aposento dela é muito bonito.
— Estou muito cansada, Nadia. Seja boazinha! Vá brincar lá fora com seus irmãos, por favor. Estou com dor de cabeça.
— Nos olhos também? Eles estão vermelhos. Será que você pegou *appolo*, uma conjuntivite, como eu, no outro dia?
— Sim, é isso! Você viu? Eu peguei *appolo*. É por isso que preciso descansar. Você lembra como dói. Vá brincar com sua boneca. Se você ficar quietinha, vou te dar um presente quando acordar.


Depois de passar uma hora rodando em meu quarto, minha tristeza acabou se transformando em raiva. Eu não vou deixar que ele zombe de mim daquele jeito! Não, não vou deixar que me humilhe por toda cidade. À medida que faço um balanço de minha situação, minha indignação e ressentimento aumentam. Assim que todos souberem que ele saiu com a nova esposa no oitavo dia, que ela já se tornou a favorita, vou perder a estima que todos têm por mim. E isso não é aceitável!

Imagino os dois agora, sentados lado a lado na primeira classe do avião que os levará à capital. Posso ima-

ginar os olhares de inveja dos outros homens por causa da esposa tão jovem e bonita. Vejo os olhos dele brilharem de orgulho. Me revejo ao lado dele, há pouco mais de seis meses. Estava muito feliz e serena naquele avião, longe de imaginar que logo seria substituída.
 O espelho de meu quarto reflete minha imagem. A *tanga* que uso, apesar de ser de grande valor, não me cai bem. Meu rosto está pálido e, no espaço de alguns dias, rugas cobriram meu rosto. Algumas rugas finas já começam a aparecer nos cantos de meus lábios. Tive seis gestações que mudaram minha barriga lisa de antes. Meus braços não são mais tão finos e é claro que estou com alguns quilos a mais. Mal completei trinta e cinco anos, mas em uma semana parece que ganhei mais dez. Me sinto tão velha. Em contraste, ainda vejo Ramla, jovem e muito bem vestida. Comparo a pele dela com a minha, que se tornou opaca. Lembro-me de seus cabelos finamente trançados descendo até a cintura e de seu perfil esguio, boca carnuda e nariz reto. Como faço para enfrentar essa rival?

Acabo ligando para meu irmão, depois para minha mãe e, finalmente, para Halima, e imploro a eles que venham me ver o mais rápido possível. Não vou me deixar derrotar, vai ser difícil, mas vou lutar com as armas que encontrar. Decido montar um conselho de guerra. Convoco meu exército.
 Meu irmão Hamza é o primeiro a se apresentar. Com uma voz fria, explico a ele minha decisão. Ele irá falar

com nosso tio distante, aquele que é feiticeiro e mora em Wouro Ibbi, um vilarejo da região de Maroua. Não quero apenas trazer de volta os melhores sentimentos de meu esposo e ser sua favorita. Quero que meu tio me livre de minha rival. Pois para mim não existe a possibilidade de dividir meu marido.

— Diga a ele que estou disposta a qualquer coisa. Dou o que ele quiser. Faço o que ele mandar. Só quero que ela vá embora! Imediatamente! Que Alhadji a repudie! Fique lá o tempo que for preciso. Tem quinhentos mil francos neste envelope. Não tenha medo de gastar. Mesmo se ele pedir o sacrifício de um boi, faça! O dinheiro não é nada. Quero que ela dê o fora! Lembre-se bem do nome dela, da mãe dela e do pai dela também, para lançar um feitiço nele.

— Entendido, minha irmã. Não se preocupe. Farei o que for preciso.

— Confio em você. Fique por lá o tempo que for necessário.

Uma hora mais tarde, é a vez de minha mãe entrar discretamente pela porta. Mal percebi sua presença, gritei agressivamente:

— *Diddi*, dê um jeito, ela tem que ir embora.

— Safira, preste atenção! Não faça mal ao próximo, isso pode se virar contra você. Cuidado com o *siiri!* Jogar um feitiço é uma prática perigosa.

— Não me importo. Estou disposta a qualquer coisa, pois não aceito essa humilhação.

— A poligamia não é uma vergonha para uma mulher. *Munyal!* Controle-se, Safira.

Mal contendo minha raiva, anuncio a ela com uma voz surda:

— Alhadji viajou com ela para Iaundé.

— O quê? Ele foi hoje? Com ela? Mas já?

— Aparentemente, os sete dias da lei não foram suficientes para ele. Ele prefere buscar a tranquilidade em outro lugar — com ela e sem dividir.

— Deixa. É por causa da novidade. Logo vai acabar e ele vai entender que é você que ele ama. Foi com você que ele sempre viveu e vai voltar mais apaixonado que nunca. Apenas um pouco de paciência.

— Não quero ter paciência — digo bastante irritada. — Nunca mais me fale de *munyal*. Não vou esperar até que o capricho dele acabe, como você disse. Não tenho tempo para esperar um momento hipotético. Quero que ela vá embora imediatamente. Quero que você faça um *karfa* entre eles, que esse feitiço os separe, que eles terminem em Iaundé. Quero que ele se arrependa desse casamento. Estou pronta a perder tudo que eu tenho por isso. Não vou perder minha honra.

— Você está me assustando, Safira. Como foi que você pôde mudar tanto em uma semana? Deixe eu te contar uma história. Me escute. Isso é contado a todas as mulheres casadas que sentem vontade de recorrer ao sobrenatural. Um dia, uma mulher foi ver um feiticeiro e disse a ele: "Preciso que meu marido me ame e seja fiel a mim". O feiticeiro pediu a ela que trouxesse três fios do bigode de um leão para fazer um amuleto. A mulher refletiu e buscou por muito tempo a solução para se aproximar sem correr perigo do covil de um leão solitário. Ela teve a ideia de colocar carne fresca a alguns metros do covil e partir rapidamente enquanto o leão comia. A cada dia, ela fazia a mesma coisa, aproximando-se cada vez um pouco mais. Depois de certo tempo, o leão se acostumou e esperava por ela. Depois, ele se deixou acariciar e ela o conquistou. Foi assim que conseguiu retirar seu bigode, sem que a fera mostrasse o menor sinal de hostilidade. Quando levou ao feiticeiro o que ele havia pedido, ele a mandou embora dizendo: "Se conseguiu conquistar um leão, não será seu marido, um pobre homem, que conseguirá vencê-la. Aja exatamente da mesma forma e ele será para sempre seu. Se conseguiu esse bigode, é porque teve as melhores qualidades que uma mulher pode ter: a paciência e o ardil. Cuide de seu marido como se fosse uma criança. Conquiste-o como fez com esse leão. Seja paciente, ardilosa, inteligente. E ele nunca será capaz de se separar de você. Esse é o segredo para amarrar um marido. Nenhum amuleto vale tanto".

— Por favor, *Diddi*, pare com isso! Eu já conheço essa história. Contaram para mim no casamento do meu marido. Encheram as minhas orelhas. Todas as mulheres vinham me dar esse conselho. Às vezes esse leão era uma víbora, às vezes uma hiena, mas a história é a mesma. Você não entendeu o que eu acabei de falar? — disse bastante irritada. — Pois eu te digo novamente que ele viajou com ela e ela acabou de chegar e, antes de partir, ele aproveitou para me rebaixar e me insultar. Ela está controlando ele e você me fala de paciência, de ardil e de não sei mais o quê!

Ao escutar essas palavras, o olhar de minha mãe, geralmente terno, torna-se frio. Ela também conhece os revezes da poligamia e sofreu por causa deles. Na verdade, ela ainda sofre. Meu pai, desde o casamento com uma jovem de vinte anos, só tem olhos para a nova esposa. Mal completou cinquenta anos e minha mãe está relegada ao segundo plano. Agora, meu pai a ignora completamente. A recém-chegada a despreza e não se incomoda de ir até meu pai a qualquer hora, pouco importa que seja sua *defande* ou não. A única vez em que minha mãe ousou se rebelar, meu pai proferiu tantas injúrias na frente da rival que ela jurou ignorá-lo para sempre. Há cinco anos, minha mãe não tem mais *walaande* e assiste, impotente, a coesposa se apoderar completamente do marido.

— Diddi, entenda uma coisa, eu não quero acabar como você. Essa moça, depois de uma semana de casamento, já é a favorita.

— Você tem dinheiro? Vou hoje mesmo consultar o imame da grande mesquita, Oustaz Sali. Você precisa de preces e sacrifícios. Quem sabe? Talvez a família dela já tenha feito alguma coisa e seu marido está enfeitiçado.

— A gente deveria ter começado com isso desde que ficamos sabendo dessa história. Talvez, então, tivéssemos evitado tudo isso.

— Agora eu entendo. Deveria ter pensado. Não se preocupe, vou cuidar de tudo.

— Não deixe que nada te impeça!

— O que quer dizer?

— Quero que se divorciem! Se não, que ela vá embora para sempre, que fique louca ou que morra! Pode escolher! Não se contente apenas com Oustaz Sali. Procure, pelo menos, três outros feiticeiros.

— Que ela morra? Ah não, Safira! Você não chegaria ao ponto de mandar matar alguém! — reagiu assustada.

Eu insisto, com os punhos cerrados:

— Não quero acabar como você. Se ela não for embora, então que morra!

Halima não esconde a indignação quando, sentada na cama, conto a ela a cena daquela manhã com Alhadji, depois a conversa com minha mãe.

— Então ele viajou com ela! E ainda te insultou!

— Ele fez muito pior. Disse que não ligava para os meus sentimentos e me chamou de ridícula quando não consegui conter as lágrimas. Queria que esse avião explodisse antes de aterrissar!

— Cale a boca, Safira! Você não deve dizer essas coisas assim. Ele é o pai dos seus filhos e você o ama, apesar de tudo. Você não pode desejar a morte dele!

— Prefiro ele morto do que nos braços dessa mulher. Se você a visse essa manhã, com um ar de boa moça.

— Dessa vez você a viu? Como ela é?

— Jovem e bonita.

— Assim como você. Como todas as mulheres que se casam com homens ricos.

— Quando me casei com ele, sim, eu era tão jovem e tão bonita quanto ela. Hoje, me sinto velha. E ele é tão jovem que precisa de uma esposa da idade de nossas filhas.

— Velha aos trinta e cinco anos? E ele, jovem aos cinquenta? É verdade, os homens dizem que podem tomar esposas até os noventa anos... Que seja! Não é um bom momento para tentar convencê-la. Você me disse ao telefone que tinha uma urgência. Sinto muito por não ter chegado a tempo. Também estava ocupada com o desgraçado do meu marido.

— O que ele fez? Para de chamá-lo de desgraçado! É um homem muito gentil que nunca te fez nada.

— Que Alá o impeça de ter recursos para sempre, mantenha-nos na pobreza e nos proteja da riqueza. Não se iluda! Ele não é diferente do seu. Todos os homens nascem da mesma mãe, são iguais. Ele só não tem dinheiro para se comportar como um machão! Mas não vamos falar dele. O que você queria?

Abro uma gaveta e tiro de lá um porta-joias, no qual está um adereço resplandescente. Um conjunto de ouro oferecido por meu esposo durante uma peregrinação à Meca, há alguns anos.

— Você precisa vender estas joias para mim, discretamente. Preciso de dinheiro. Muito dinheiro!

— Mas para quê, Safira? O que vai fazer com esse dinheiro? Por que você vai se desfazer dessas joias magníficas? Você adora esse conjunto!

— Adorava! Era o símbolo do nosso amor. Hoje, é apenas uma joia. Na verdade, não passa de ouro! Ou seja, dinheiro! Joias, eu tenho várias. Estou disposta a sacrificar todas elas para ter meu esposo de volta. Ter o homem de volta. Não o amor, que está morto e perdido para sempre. Ele o matou com as próprias mãos. Que bobagem a minha... Não! Ele o matou com o pênis!

Halima dá uma risada sonora e, depois, voltando a ficar séria, balança a cabeça e diz:

— Você é inacreditável, mas preste atenção! Se começar com essas histórias de feitiçaria e de *siiri*, não vai mais conseguir sair. Vai acabar perdendo tudo e, ainda pior, isso pode acabar se voltando contra você e seus filhos.

— Me diga uma coisa, Hali, o que você quer que eu faça? Que eu assista tranquilamente essa moça pouco mais velha que minha filha roubar meu esposo? Que eu perca a minha casa? Que eu corra o risco de deixar meus filhos sofrerem por ser repudiada? Eles são muito novos para viver sem a mãe. O que você quer que eu faça, Hali? Que fique aqui de braços cruzados esperando que ele se livre de mim? Que eu morra de tristeza como nossa amiga Mariam quando o esposo se casou novamente? E que depois da minha morte, como aconteceu com ela, ele aproveite para arrumar uma terceira esposa e colocá-la no meu aposento, me apagando para sempre da memória dele? "Só se morre se for da vontade de Alá", é o que ele diria! O que você quer que eu faça? O que é permitido? O que não é? Quando estamos em guerra, não escolhemos as armas. Pegamos o que está à mão e avançamos. E essa moça? O que ela esperava quando decidiu se casar com um homem casado? Achou que eu a acolheria de bom grado, é isso? Não escolhi chegar a esse ponto. Não tenho escolha. Estou apenas me defendendo. Eu o amava. Fiz o meu melhor para satisfazê-lo. Fui uma boa esposa. Uma mãe excelente. Dei a ele filhos inteligentes, saudáveis, dos dois sexos. Eu o confortei, o amei com todo meu coração, com toda minha alma. O que mais ele queria? Não sou má pessoa. Me obrigam a ser. Não escolhi me lançar nesta guerra. Mas me deram outra escolha?

Sem ar, levanto-me e bebo um pouco de água no gargalo de uma garrafa e continuo:

— O que você quer que eu faça? Qual é o meu campo de ação? Quais são minhas margens de manobra? Será que eu tenho mesmo escolha? Do que vale o tal *símbolo do amor* de um homem quando corremos o risco de perdê-lo para sempre?

— Quanto quer por isso? — diz Halima fechando o porta-joias com um movimento seco.

٣

Sou a *daada-saaré*. A nova esposa tem por mim um certo respeito. É uma moça calma, introvertida. Nos olhos dela, encontro com frequência uma ponta de tristeza que me recuso a ver. Hipocrisia.

Ela parece mais à vontade com as crianças e sempre conversa com elas. Não me agrada que minhas filhas gostem tanto dela, mas não posso impedi-las de ir à casa da madrasta, pois posso ser punida por Alhadji. Além do mais, devo manter as aparências até o fim. Nunca mostrarei a essa mulher que a detesto.

Sou a *daada-saaré*. Expliquei a Ramla o funcionamento de nossa grande casa e a ajudei a entrar em nossa rotina. Sempre mantive o sangue-frio e mostrei a ela uma expressão à altura. Dei-lhe conselhos e me mostrei disponível.

Alhadji mudou, mesmo que diga o contrário. Ele está muito menos calmo, não me concede mais tanto tempo como antes. Quando chega minha vez, ele se mostra menos atento, parece estar em outro lugar. E depois, não gosto de ver a quantidade de comprimidos que ele toma, esses fortificantes e afrodisíacos dos quais depende agora.

Acabei me acostumando a dividi-lo. A insônia do início, quando era a vez da outra, as crises de choro e o desgosto quando ele me tocava desapareceram com o passar do tempo, mas minha determinação não enfraqueceu. Eu ainda quero que tudo volte a ser como antes. Ramla tem que ir embora. E não pode engravidar de jeito nenhum. Cada filho que ela tiver só servirá para diminuir a herança dos meus. O novo rebento só fará diminuir o amor do pai por eles. Sou obrigada a compartilhá-lo, mas não quero que meus filhos o compartilhem também! Fico atenta ao ciclo dela. Sei quando virão as regras. E, nesses dias, estressada, a vigio, espreito para saber se ela continua a rezar, pois, se continua, é porque está grávida. Meu coração fica aliviado quando a vejo ignorar o chamado do muezim. Então, respiro com serenidade. Pelo menos até seu próximo ciclo.

Os feitiços, por enquanto, ainda não funcionaram. Mas minhas joias desaparecem uma a uma. Gasto cada vez mais. Troco de feiticeiro sempre que o resultado não vem e corro para outro assim que sua fama chega até mim. Preciso de dinheiro. Cada vez mais dinheiro para chegar até o fim com meus projetos místicos. O tempo passa e Ramla não somente não vai embora, como parece até ter encontrado uma certa confiança. Ela se instala!

Preciso de dinheiro, mas estamos justamente no período da *zakat*, da esmola obrigatória. Um período de pressão para Alhadji Issa, mas de sorte para mim, pois é o único do ano em que posso me reabastecer sem chamar a atenção. Há cinco dias, os mais desfavorecidos de toda a cidade vêm à nossa casa. Eles passam o dia e alguns deles até mesmo ficam as noites do lado de fora da concessão, sentados no chão, sem dizer nada. Nada os faz mudar de ideia, nem mesmo o sol escaldante da tarde. Todos esperam, pacientemente, o momento do início da esperada distribuição. Cada vez que os pesados portões da concessão se abrem, eles se levantam todos ao mesmo tempo, falam, gritam e se empurram. Por mais que os guardas os expulsem, o entusiasmo deles não se acalma. As mulheres também se juntam para espiar se já começou a distribuição dos cheques. Neste, como em todos os outros anos, Alhadji atribui a um de seus empregados a tarefa de preparar os envelopes destinados aos imames, aos pais de família, assim como às pessoas conhecidas por passarem necessidade. Toda manhã, antes de sair, ele me dá um ou dois milhões para distribuir para as pessoas que se amontoam do lado de fora. Sempre soube que não tenho direito ao dinheiro da *zakat*. Como esposa de Alhadji, não tenho direito de pegá-lo para mim. É por isso que ele não desconfia de nada. E durante todos esses anos, distribuí o dinheiro como era de minha obrigação. Mas hoje, preciso dele. E a quantia que subtraio do que ele me dá para as compras ou, mais discretamente, dos bolsos de sua *gandoura*, não é mais suficiente. Não hesito em abrir os envelopes, um a um, e pegar a metade do valor em seu interior. Depois, volto a fechar o envelope cuidadosamente. Não hesito em subornar o professor de Corão das crianças, encarregado da distribuição. Eu o convoco na sala de estar depois que Alhadji sai.

— Malloum, você deve distribuir o dinheiro aos pobres do lado de fora. Peço que preste atenção para que não haja confusão. Você se lembra de que, no ano passado, algumas pessoas morreram no pátio de Alhadji Sambo durante a distribuição da *zakat*. Alhadji não quer que tenha nenhum escândalo na casa dele. Se vire para que essas pessoas entendam isso.

— Claro, Hadja. Eu sempre aviso para eles que, se não se acalmarem, volto para dentro com o dinheiro.

— Muito bem. Você é um rapaz inteligente e eu te apoio. Prefiro ser honesta com você. Alhadji me deu, hoje pela manhã, dois milhões para serem distribuídos. Mas eu vou ficar com um milhão. Não é para mim. É para aumentar a parte daqueles que passam necessidade em minha família, e eu não quero falar disso com Alhadji. Você também pode pegar dois mil para suas necessidades pessoais. Isso vai ficar entre nós.

— Sim, é claro, Hadja — diz o rapaz, que não se incomoda em retirar, com minha benção, uma parte da *zakat* destinada aos mais desfavorecidos.

— Se, por um acaso, ele te perguntar, entreguei a você dois milhões que você distribuiu corretamente aos que têm direito. Como de costume. Cinco mil francos para as mulheres, dez para os homens.

— Vou fazer isso agora mesmo, Hadja. Pode confiar em mim.

Sou a *daada-saaré*. Por isso tenho algumas vantagens. E a *zakat* faz parte delas.

Agora acompanho de perto o fluxo do cofre da casa. Alhadji o abastece regularmente e retira o dinheiro conforme necessário. Ele mostrou a Ramla e a mim como abri-lo e onde guarda as chaves, em caso de necessidade, se precisássemos de dinheiro em sua ausência. Mas não é preciso esperar que as emergências apareçam, sei como criá-las sozinha. Aprendi o truque e o coloco em prática. Costumo levar as crianças ao dentista com frequência e aumentar a conta. Peço aos médicos que me prescrevam remédios para doenças imaginárias, que superfaturo na farmácia da esquina. Os produtos de primeira necessidade, que temos na despensa da casa, não escapam à minha imaginação fértil em tempos de guerra! Se os funcionários do mercado ficam surpresos com a quantidade de óleo, açúcar, arroz ou leite que peço para a concessão, tomam o cuidado de não comentar nada. Eu sou a *daada-saaré* e continuo poderosa. Eles não querem entrar em conflito comigo. Além do mais, eu os protejo e os tenho em minhas mãos. Alhadji não se preocupa com os gastos frequentes da concessão, pois sempre fui moderada e razoável. Mas isso era antes de ele se casar novamente! Eu fico à espreita de qualquer oportunidade.

Mas um dia achei maços de notas de euros no cofre. Sei que valem muito mais que o franco CFA, a moeda nacional. Há algumas semanas, para minha tristeza, Alhadji levou Ramla para Paris. Eu nunca fui. Quando perguntei por que ele não me levava, ele respondeu simplesmente que eu não tinha nada para fazer por lá. Que não tenho instrução. Que mal falo francês. Que interesse eu teria em ir à Europa? Esse dinheiro estrangeiro deve ter sobrado da aventura deles. Ramla voltou com as malas lotadas e Alhadji me deu apenas um perfume e uns doces para as crianças. O suficiente para aumentar minha indignação e minha raiva! Como os feitiços ainda não alcançaram os objetivos esperados, pretendo criar graves problemas conjugais para Ramla. E uma ideia acaba de germinar em minha mente. Ela é tão luminosa, que solto uma gargalhada. Vou tirar os euros do cofre.

Assim que Halima entra em meu aposento fecho rapidamente a porta e tranco com duas voltas de chave. Então, cochicho para ela:

— Você sabe quanto vale isso?
— Meu Deus, Safira! É muito dinheiro. São euros!
— Quanto dá isso? — digo com frenesi.

— Dez mil euros! Em torno de seis milhões de nossos francos. Você roubou do Alhadji?
— Ora, Hali! Preciso te lembrar que o roubo não existe dentro do casamento. Estou apenas preparando a minha vingança. Não preciso usar esse dinheiro agora.
— O que pretende fazer então?
— Você vai ver! Ele disse que sou ignorante para ir à Europa com a jovem dele. Vou mostrar quem sou. Você pode esconder esse dinheiro? Só confio em você. Ninguém nunca poderá saber. Você precisa ser prudente.
— Sei onde guardá-lo. Pode ficar tranquila.
— Ele vai ficar louco, contrariado e mesquinho. Ele pode mandar revistar sua casa, pois sabe que somos amigas.
— Confie em mim, Safi, lá onde vou esconder, ele nunca vai achar.

Quando meu marido descobriu o crime alguns dias depois, começou a esbravejar e a rosnar. Estava completamente descontrolado. Era a vez de Ramla. Gritos invadiram a concessão. Entendi imediatamente o que estava acontecendo, mas não vacilei. Por dentro, estava exultante com os horríveis quinze minutos que minha coesposa estava passando. Alguns instantes depois, ele me chamou e, em silêncio, fui para os seus aposentos. Ele estava de pé, enfurecido! Ramla, sentada em uma poltrona, chorava. Ela mal ergueu os olhos quando cheguei. Sentei-me ao lado dela como sinal de solidariedade. A união sagrada na adversidade!

— Quando foi a última vez que você abriu o cofre, Safira? — perguntou, furioso.

— Há uma semana, eu acho. Você me pediu para pegar um milhão para você. Pelo que me lembro, estava com seu irmão.

— Quanto tinha dentro do cofre? O que exatamente você viu?

— Não sei. Não contei o dinheiro. Apenas peguei o milhão dentre os outros maços. Havia também as joias que guardo lá, as joias de Ramla e aquelas que você comprou para nossas filhas. Além disso, tinha também uns outros maços que eu não conheço.

— Esse dinheiro sumiu. São euros! Deve ter uns seis ou sete milhões. Eu trouxe da Europa. Por acaso não foi você que pegou? Vocês duas são as únicas que têm as chaves do cofre. Vão ter que confessar!

— Desapareceu? Não tenho nada a ver com isso, Alhadji, e você sabe. Não vai ser depois de vinte anos de casamento que vou começar a roubar. E se fosse fazer isso, sem dúvida pegaria o que eu conheço. Não me meta nas suas histórias! Além do mais, é a primeira vez que ouço falar desses euros.

Com essas palavras, Ramla chora ainda mais. Mal olho para ela.

— Eu não peguei esse dinheiro — ela diz, sufocando.

— Eu também não peguei.

— Vocês têm coragem de jurar em cima do Corão? — pergunta, com um olhar estranho.

O Islã é sempre o último recurso para encontrar a verdade! Jurar sobre o Livro é algo extremamente sério e só é exigido em casos muito raros que o justificam. Jurar sobre o Corão pode representar ameaças sérias, até mesmo expor uma família inteira à aniquilação. Apesar de conhecer seu egoísmo e sua relação especial com o dinheiro, não esperava que ele chegasse a esse ponto. Então decidi jogar a carta da indignação:
— Jurar sobre o Corão? Isso é sério, Alhadji? Eu nunca brincaria com o Corão! — digo me levantando, tão indignada quanto ele. — Eu tenho filhos!
— Não posso colocar a mão sobre o Corão sem que a minha família permita — declara também Ramla, com uma voz fraca.
— Isso é porque vocês sabem que não são inocentes. Voltem para seus aposentos. Daqui a pouco chamo vocês. Cabe a vocês decidirem se vão querer um escândalo ou se preferem que a gente se entenda entre nós.
— Tem os empregados também! — observou Ramla.
— Eles também podem roubar.
Logo acrescento:
— Tem também seus queridos amigos que sempre estão aqui. Mas é claro que deles você não desconfia.
— Vocês são as únicas que têm a chave do cofre.
— As chaves estão sempre no mesmo lugar — observa Ramla.
— Um lugar que nem é escondido...
— Sumam da minha frente. Daqui a pouco chamo vocês. Pensem bem!

Sem trocar um olhar, voltamos para nossos respectivos aposentos. A tristeza de minha coesposa me deixa exultante por dentro e tenho muita dificuldade de esconder minha alegria. Enfim, ela também vive os reveses do casamento.

Nem tem um ano que ela está casada. A lua de mel deles finalmente acabou. E as ameaças de Alhadji não me abalam. Já estou bem acostumada aos seus acessos de raiva — e às suas mudanças de humor.

Mais tarde, Alhadji entra em meu aposento, seguido por seus empregados. Ele me pede para sair. Juntos, eles reviram completamente o lugar. Sob o olhar inquisidor de Alhadji, levantam os tapetes, examinam o teto, arrancam as roupas dos cabides, abrem todos os bibelôs diante do olhar aterrorizado das crianças. Permaneço impassível.

Depois fazem o mesmo com Ramla. Não acham nada, o que só faz aumentar a raiva de nosso esposo. Então, ele nos convoca novamente.

Ramla está com os olhos vermelhos de tanto chorar. Ela parece completamente perdida. Ele olha para nós por muito tempo, depois começa:

— Eu confiava em vocês. Todos os homens desse país escondem suas fortunas das esposas. Eu fiz meu melhor. Não falta nada a vocês. Como vocês podem me roubar? Vou repetir a pergunta. Quem de vocês pegou esse dinheiro? Quem confessar será perdoada. Se insistirem em negar, as consequências serão graves para vocês, pois vou acabar descobrindo. Consultarei os feiticeiros, avisarei a polícia, farei de tudo para achar a culpada. Safira, venha comigo.

Ele se isola comigo na segunda sala.

— E então? Tem alguma coisa para me falar?

— Alguma vez eu já te roubei durante esses vinte anos? Antes de se casar novamente, você já tinha perdido alguma coisa?

— Não se aproveite da situação. Não estamos falando do meu casamento.

— De toda forma, você disse: sou uma ignorante. Mal falo francês para ir à Europa. O que eu faria com esses euros? Para onde eu iria? Se quisesse roubar, pegaria o que eu conheço. Lembre-se de que sou *ignorante*. Nem conhecia esse dinheiro antes de você falar dele! Você devia pedir explicações a quem frequentou os bancos da escola, àqueles que são instruídos o suficiente para ir a Paris.

Então dou meia-volta.

Ele fica petrificado, pasmo com minha confiança e com minha audácia. Voltando à primeira sala, digo com um tom malicioso a Ramla:

— Seu marido está te esperando na segunda sala!

Não sendo capaz de nos confundir, cada vez mais nervoso, *nosso* esposo esbraveja, grita e ameaça, mas não consegue nada. Ramla e eu não aceitamos jurar sobre o Corão, preferindo de longe enfrentar a fúria dele que a de Alá. Então, como último recurso, quando a noite cai, ele nos chama uma última vez. Dessa vez, ele não levanta a voz. Olha para nós por muito tempo com seu olhar frio. Seu rosto fechado não antecipa

nada de bom. Ramla, aterrorizada, senta-se na poltrona mais distante. Ela mal consegue manter os olhos abertos, de tão inchados de tanto chorar. Alhadji, deixando seu olhar austero nos varrer uma após a outra, pergunta com firmeza:
— Então, Safira, tem alguma coisa para dizer?
— Nada.
E olho diretamente nos olhos dele.
— E você, Ramla? — diz, virando-se na direção de minha coesposa.
Ela não diz nada e cai no choro.
— Neste caso, eu repudio as duas, pois vocês são cúmplices. Vocês se uniram para me roubar. Preparem-se, o motorista vai levá-las de volta imediatamente para a família de vocês. Não tenho mais nada a dizer. Podem ir.

Ramla não questiona. Levanta-se sem dizer uma palavra e volta para seu aposento. Apenas dez minutos depois, sai e entra no carro. Permaneço em silêncio, sentada. Após a partida de minha coesposa, com o rosto fechado, Alhadji me olha com desdém:
— Eu disse que repudiava vocês duas. Sua coesposa já se foi. O que você está esperando? Vá embora!
— Você é injusto. Você é bilionário e conquistou essa fortuna depois do nosso casamento. Quando nos casamos, você era um homem modesto, mas gentil. À medida que sua conta bancária ficava mais pesada, seu coração também ficou mais duro. No início, nós nos

amávamos! Você decidiu que eu não te bastava mais. Não, você precisava de uma mulher estudada, uma jovenzinha. Eu suportei tudo. E, ainda assim, você desconfia que roubei seus euros. Seis milhões de francos, Alhadji! O que são seis milhões de francos para um bilionário quando comparados a vinte anos de casamento e devoção? O que são seis milhões comparados aos seis filhos que eu te dei? O que representa esse dinheiro quando comparado ao que vivemos juntos? As joias que você me deu ao longo desses anos valem muito mais que seis milhões. Eu as devolvo a você, mas não vou embora e não vou abandonar meus filhos.

Ele não pronuncia nenhuma palavra. Eu me levanto e saio. Meia hora mais tarde, enquanto janto com as crianças, o motorista entra em meu aposento.

— Hadja, estou de volta.

— E daí?

— Alhadji me pediu para te dizer que... que o carro está te esperando — ele termina de dizer incomodado.

Eu obedeço, é minha dignidade que está em jogo! Não posso ser dispensada de forma tão rude e ficar.


No carro que me leva de volta à concessão de meu pai, meus pensamentos estão a toda velocidade. Meu objetivo foi alcançado. Consegui fazer com que Ramla fosse repudiada! Mas também queimo minhas asas. Estou indo embora e o risco de meu repúdio é muito mais sério. Meus filhos ainda são pequenos, minha família é modesta e depende de mim. O motorista, que ficou

em silêncio por um tempo, não consegue mais conter a curiosidade:
— O que está acontecendo, Hadja? Sério, desculpe-me pela pergunta, mas não entendo.
— O dinheiro dele, em euros, foi roubado em casa. E ele nos acusa. Em vinte e dois anos, nenhum tostão jamais desapareceu de nossa casa. Você é testemunha disso, Bakari! Você está aqui há pelo menos dez anos.
— É verdade, Hadja!
— Ele teve que se casar para isso acontecer! Leve-me para a casa da irmã mais velha dele. O marido dela é meu tio e amigo próximo de Alhadji. Talvez seja melhor contar primeiro para ele.
— É uma boa ideia, Hadja. Mas eu imploro, não conte a ele que eu te deixei lá. Ele me deu a ordem de levar vocês duas de volta para a casa dos pais de vocês.
— De qualquer forma, a concessão de meu pai não é longe da do meu tio. Ele vai achar que vim a pé.
Ao entrar no quarto de minha cunhada, me jogo no chão aos prantos. Choro pelo sofrimento dos últimos meses, choro pela traição de meu esposo e por seu descaso. Ele me repudiou apenas por causa de dinheiro. A irmã dele, ao ver minhas lágrimas e imaginando o pior, junta-se a mim em meu pranto e me pergunta com uma voz angustiada:
— O que está acontecendo, Safira? É o meu irmão? Ele morreu? Foi uma das crianças? O que está acontecendo? Fale, por favor, não me faça definhar!
— Ninguém morreu. Só eu. Apenas meu coração partido. Alhadji me matou por dentro.

— O que aconteceu de tão horrível?

Ela se levanta e abaixa as cortinas para nos esconder dos olhares inquisidores de suas coesposas e dos filhos delas. Despeja água no *canari* ao seu lado e me entrega:

— Tome, beba um pouco de água e acalme seu coração e sua alma. *Munyal*, paciência, Safira! Todo problema tem uma solução. Apenas a morte é sem saída. Conte-me o que está acontecendo.

— Alhadji me repudiou.

— O quê? O que você fez de tão grave para ele te repudiar?

— Por que eu tenho que ter feito alguma coisa? Por que a culpa é automaticamente minha? Não fiz nada de errado. Na verdade, ele também repudiou Ramla.

— O quê? As duas? Ele ficou louco?

— Quase. Alhadji sempre foi louco por dinheiro. Ao que parece, ele foi roubado. Disse que perdeu dinheiro e nos acusa. Mas você me conhece. Nunca roubei em minha vida. Ele mandou Bakari nos levar de volta para casa de nossos pais. Eu preferi vir aqui primeiro. Além do mais, tio Sali é meu padrinho! Se souber do que aconteceu, ele não vai gostar.

— Você fez muito bem! Sempre foi uma mulher inteligente! Mesmo na dor, você defende a família. Ah, meu Deus, o que está acontecendo com meu irmão? Que vergonha! Se não fosse por você, ele deveria pelo menos proteger os filhos e também pensar em minha honra! Que vergonha para mim diante de seu tio. Ele pode me culpar pelo comportamento indigno de meu irmão. Quando há laços tão íntimos em uma família, deve-se levar em consideração todas as sensibilidades. Ah, meu irmão! Você também está me matando — ela lamenta, juntando suas lágrimas às minhas.

— O que devo fazer, minha irmã? Já é tarde. Talvez eu deva voltar para casa, quero dizer, para a casa de meu pai!

— Não saia daqui — diz ela amargamente. — Talvez meu irmão não tenha mais *pulaaku*, mas eu ainda tenho! Vou falar com seu tio e levar você de volta para casa! Para a casa do seu marido e dos seus filhos. Você fez muito bem de não voltar para a casa dos seus pais. Eles ficariam arrasados com essa situação. Que vergonha! Paciência, Safira. Casamento é isso. Poligamia é isso. Eu mesma sofro com ela aqui. Nossa última esposa é cleptomaníaca!

Meu tio nos levou de volta em seu carro e teve uma longa conversa com Alhadji. Minha cunhada ajudou-me a voltar para meu aposento revirado, indignada com os danos que ele tinha causado. Ela arrumou o que pôde, enquanto repreendia o irmão. Mais uma vez, ela me pediu para ter paciência. Antes de ir embora, me levou até os aposentos de meu marido, que estava conversando com o dela. Como ela era mais velha que ele, Alhadji precisava ouvi-la. Ela se sentou no tapete, eu ao lado dela, e disse:

— Alhadji, você também deve ter paciência. Estou realmente escandalizada com sua atitude.

— Mas... elas me roubaram! Faço tudo que posso. Você mesma sabe que não falta nada a elas. Elas traíram minha confiança.
— De qualquer forma, você foi muito precipitado. Como você foi capaz de repudiar as duas?
— Elas se negam a dizer a verdade. É claro que foram elas que pegaram esse dinheiro.
— Você não tem nenhuma prova! — observa meu tio.
— Se elas são inocentes, por que se recusam a jurar sobre o Corão?
— Sobre o Corão? Mas você ficou louco, meu irmão — diz, horrorizada, minha cunhada. — Como você foi capaz de pedir a suas esposas que colocassem a mão sobre o Corão? Isso pode dizimar a sua família. Isso pode te matar, matar seus filhos, me matar também. Isso pode atrair a destruição, doenças horríveis, falta de sorte! Você sabe bem disso, meu irmão!
— Quando recusamos, ele disse que era uma prova da nossa culpa — digo com firmeza.
— Não, meu irmão! Como você é capaz, por causa de dinheiro, de se arriscar a tal ponto e brincar com o Corão?
— Mesmo que tivesse provas, não deveria repudiá-las — acrescentou meu tio. — Não se deve brincar com isso. O divórcio é a coisa permitida mais detestada por Alá. Um *hadith* nos ensina que o divórcio abala o trono de Alá. Deve-se recorrer ao repúdio apenas em casos muito graves. Nunca se deve brincar com isso. Mesmo se vocês se reconciliarem imediatamente

depois, conta como repúdio. Na terceira vez, tudo está acabado. Mesmo se vocês se amarem ainda, se estiverem no caminho de se entenderem novamente, não será possível a volta. Você se dá conta, Alhadji Issa, que você já tem um repúdio com cada uma de suas esposas apenas por causa de um capricho?

— Eu estava mesmo com muita raiva. Seis milhões não são seis mil francos! Mas, em todo caso, eu reconheço, há muitos anos que estamos juntos, Safira nunca me roubou — disse Alhadji, mais calmo.

Essas palavras tocam meu coração e começo a chorar. Não! Em todos esses anos, nunca roubei nada. Mas, desta vez, eu não era inocente. Porém, mais do que a necessidade desse dinheiro, foi mais forte o desejo de me livrar de minha coesposa a qualquer custo. Não era a mulher que eu queria mal. Não, era apenas a rival. Eu também não gostava de quem eu tinha me tornado. Mas me deixaram alguma escolha? Por um momento, senti vontade de confessar tudo. De jogar na cara deles toda a verdade. De contar a eles meus ressentimentos, reconhecer até aqueles outros roubos que passaram despercebidos. Tive vontade de dizer a eles por que precisava tanto do dinheiro, confessar minhas práticas sobrenaturais. Mas um instinto de sobrevivência fechou minha boca. Ninguém deveria saber. Foi por minha honra — e por minha felicidade.

Minha cunhada se ofereceu para buscar Ramla e Alhadji assentiu silenciosamente. Eu cerrei os dentes. Nada tinha acabado ainda. Depois que ela saiu, enquanto ainda estava sentada no tapete, ele me disse gentilmente:

— Tudo bem, Safira. Eu acredito na sua inocência. Seque suas lágrimas. Você pode voltar para perto de seus filhos.

— Eu imploro que tenha mais paciência, Safira — acrescentou meu tio. — As lágrimas são inúteis. *Munyal!* Você é a *daada-saaré*. Se houver um problema na concessão, você será automaticamente prejudicada. Paciência, Safira! A paciência é uma árvore cuja raiz é amarga, mas os frutos são muito doces.

— É verdade! Safira sempre foi paciente e uma boa esposa. Não fique chateada por suas coisas estarem reviradas e estragadas. Eu estava fora de mim. Vou substituir tudo. Agora vá!

A vida retoma seu curso. Aproveito uma viagem a Dubai para ir discretamente a um joalheiro e, com os dez mil euros, repor as joias perdidas, tendo o cuidado de levar exatamente as mesmas. Quanto ao dinheiro restante, organizo para Halima uma viagem a Duala, para que ela possa trocá-lo para mim e colocá-lo em uma conta bancária. Uma conta secreta, é claro. Agora estou determinada a seguir em frente.

— Vamos para o quarto, rápido! Tenho coisas importantes para te contar! — disse Halima, animada.

Minha confidente acaba de chegar à minha casa e, pelas roupas, posso dizer que acaba de voltar de uma viagem. Ela está com uma linda *tanga* estampada em cores vivas, amarela de poeira e completamente amarrotada. Suas feições estão marcadas pelo cansaço, mas todo o seu ser brilha de prazer. Com um passo alerta, ela caminha pelo corredor. Tranco a porta do quarto logo depois que ela entra.

— De onde você está vindo?

— Da República Centro-Africana, claro. Procurei minha tia Zeinabou, como já disse. Ela sempre elogia os feiticeiros da região, eu tive que ir lá conferir. Mas já posso te dizer que eles são incríveis. Se tivéssemos descoberto esse truque antes, acho que seríamos poupadas de preocupações desnecessárias e de gastos extravagantes.

— É mesmo?

— Como já disse, eles são incríveis! Acabei de descer do ônibus e nem passei em casa ainda. Mal podia esperar para te entregar tudo que trouxe de lá.
— Me conta!
— Ah, você também! Você está com muita pressa. Mais apressada que uma pomba apaixonada! Pois não dizem que o amor é longo como uma estrada sem fim, tão profundo quanto um poço, tão quente quanto o fogo, tão doloroso quanto uma lança? Deve ser isso! — acrescenta, explodindo em gargalhadas.
— Conte longo ao invés de ficar filosofando, estou escutando!
— Bem, quando cheguei lá, depois de dois dias de uma viagem interminável, primeiro descansei alguns dias e depois Zeinabou e eu fomos ver a pessoa em questão. Ela me disse que há pouco mais de um ano o marido a desprezava terrivelmente. Ele nem tinha mais tempo para ela e tudo o que ela fazia o enojava e irritava. Ela tinha consultado vários feiticeiros, feito orações, mas nada tinha funcionado até que uma de suas amigas, uma mulher da República Centro-Africana, sensibilizada pela aflição dela, veio ajudá-la. Foi essa mulher quem a levou a este fazedor de milagres.
— Sério mesmo?
— Vá ver como agora o marido a segue por toda parte e fica em volta dela como um cachorro fiel.
— Não!
— Eu mesma fui lá e conferi. E, olha só, um dia, quando ela reclamou que estava cansada, ele até cozinhou para ela. Eu não pude acreditar. Um homem cari-

nhoso e amoroso, sim, é possível! Mas um homem que cozinha? Eu não conseguia acreditar. Eu juro!

— Tem certeza que não está exagerando, como de costume?

Ela me lança um olhar falsamente escandalizado enquanto reprime uma gargalhada. Eu continuo:

— Então, me conte! Você foi ao tal milagreiro?

— Sim, tivemos que atravessar a floresta. Um dia inteiro de caminhada no meio do mato. Na verdade, o feiticeiro era uma mulher. Uma mulher muito velha. Ela é tão enrugada e seca que temos a impressão de que ela vai morrer a qualquer momento. Mas que bondade, que gentileza emana dela! Parece de outro mundo.

— Outro mundo?

— Um mundo paralelo, sabe? No auge da vida, quando se casou e teve um filho, ela se afogou no remanso e, como seu corpo não foi encontrado, pensaram que um *djinn* a havia raptado. Isso acontece com frequência. Para surpresa de todos, ela reapareceu no mesmo lugar trinta anos depois. A família inteira a identificou. Ela viveu entre os *djinns* e voltou com poderes extraordinários.

— Você acredita nesse tipo de história?

— Ela não é a primeira pessoa com quem isso acontece. Veja só o Bappa Djidda. Você sabe, o vidente lá na saída da cidade, parece que ele também foi sequestrado por um *djinn* em Mayo Fergo. E ele viveu com o *djinn* por muito tempo. É daí que vem o poder da clarividência. Parece até que esse tal Mayo, habitado

por espíritos, leva embora todos os anos uma ou mais crianças. Você sabe disso, não é?
— Sim, é verdade. Todo mundo sabe. Então você conseguiu conhecê-la?
— Se você pudesse ver onde ela mora! No meio da floresta equatorial! Mas centenas de pessoas vêm consultá-la, esperam por muito tempo, às vezes semanas ou até meses para serem recebidas. Eu tive sorte! Ela entendeu que eu vinha de muito longe e imediatamente me levou para uma consulta.
— E então?
— Em seu covil ressoavam vozes estranhas, que ela era a única que sabia interpretar. Me deu arrepios. Ela me deu muitas coisas para você. Entendeu que você estava passando por uma fase difícil. Até adivinhou que a mãe da sua coesposa lançou feitiços sobre você. Ela me deu alguns banhos de ervas para você se lavar, mas o mais importante é que me revelou um segredo no último momento. O segredo das mulheres, ela me disse. Daqueles que só damos às amigas mais queridas. Ela decidiu me dar de presente porque disse que meu coração é puro e nossa amizade é forte, o que é raro. De qualquer forma, você tem sorte de me ter!
— Pare de se gabar e me conte logo esse grande segredo. Você está me matando.
Uma esperança incrível toma conta de mim. Será que ela finalmente tinha encontrado o que eu precisava para recuperar minha serenidade?

— Ela me disse que depois que você fizesse toda a purificação, você teria que aplicar o segredo das *mulheres*. Aquele que amarra o homem para sempre a você.
— E qual é esse segredo?
— Pois eu te digo. Você deve, cada vez que se unir a ele, providenciar a coleta da água de sua higiene íntima. Essa água contém, portanto, profundamente misturada, as secreções de ambos. Se você o fizer beber com certa casca macerada, ele será definitivamente seu. Nunca mais vai querer outra mulher. Até mesmo para honrar sua coesposa, terá que pensar em você antes. Isso se ele conseguir! E, mesmo que você não tenha tido contato, mesmo que não tenha a casca, faça com que ele beba a água da sua higiene íntima. O tempo todo!
— O quê? Não é correto fazer isso!
— É mesmo? Então não faça nada! Senhora dos escrúpulos — ela disse com severidade. — Mas depois não venha reclamar!
— Hmmm... É verdade que eu também não tenho escolha!
— Você precisa começar esta noite. No molho, no chá, na água. Em tudo o que entra na boca dele.
— O problema é que ele sempre come com as pessoas, bebe a mesma água, o mesmo chá...
— E daí? Sinto muito por eles. Essas pessoas vão beber o que somente você sabe. Talvez no final todos se apaixonem por você! — acrescenta, cúmplice.
— É isso. Ou talvez se apaixonem ainda mais por ele, já que também vão bebê-lo!

— Não faz mal! Isso os ensinará a não vir e compartilhar as refeições dos ricos. Deveriam ficar em casa e honrar o prato do pobre, o *bôk'ko* de suas esposas, para que fossem poupados. Eles não se envergonham de abandonar mulheres e crianças desnutridas para desfrutar desavergonhadamente da comida saborosa, enquanto seus filhos definham na miséria. Eles só terão o que merecem.

— Você está pegando pesado!

— Pode acreditar que estou. Aqui, outro dia me contaram uma anedota sobre esses *souka*, esses capangas de Alhadji. Um dia, durante uma vigília tradicional, um dos Alhadji mais ricos contou com uma risada que um de seus vizinhos estava grávido. Todos acenaram com a cabeça, dando crédito às palavras de Alhadji, exceto um que apontou que um homem não pode estar grávido e, portanto, essa informação devia ser falsa. Alhadji se sentiu ofendido e expulsou o atrevido. Este voltou para casa, mas, quando a miséria se tornou opressora, ele voltou uma noite à corte de Alhadji e disse-lhe da maneira mais séria: "Alhadji, é incrível, você tinha razão. O vizinho que disse que estava *grávido* deu à luz hoje". E assim ele recuperou a estima de seu mestre, que o admitiu novamente em seu *zawlerou*. Eu morri de rir ao ouvir essa história que me lembra os parasitas que vêm à sua casa.

— Halima! Você está exagerando!

— O que quer dizer com estou exagerando? De qualquer forma, não nos importamos se essas pessoas também bebem de você. Faça isso esta noite. Eu já vou embora. Tenho que ir para casa. E saiba que farei o mesmo tratamento com meu marido. Safira, imploro, não ignore o que acabo de te dizer.

— Claro que não vou ignorar!

— Sofri duas semanas por isso. Você pode imaginar: fui picada por insetos, até por um escorpião. Estou coberta de vermes de tanto andar na floresta. Eu viajei centenas e centenas de quilômetros!

— Nunca poderei te agradecer o suficiente. Não se preocupe, farei qualquer coisa. Eu prometo.

Eu estava determinada a ter sucesso desta vez. Eu precisava conseguir que minha coesposa fosse embora. Mas, muito mais, agora eu queria ser uma mulher educada — como ela! Implorei a Alhadji que me deixasse fazer aulas de alfabetização e ele concordou, embora zombeteiramente. Uma professora vinha regularmente à minha casa para me dar aulas por algumas horas por semana. Fui diligente e perseverante. Sempre que a professora ia embora, passava horas escrevendo e tentando decifrar. Meus filhos achavam graça, mas, solidários e cheios de orgulho, ajudavam-me na medida do possível. Eu progredia com o passar dos meses. Agora podia ler e escrever. Conseguia usar o telefone e enviar mensagens. Todo esse progresso me estimulava. Quando Ramla teve a ideia de aprender a dirigir, aproveitei a chance e me juntei a ela. Alhadji acabou concordando com a condição de que nossas carteiras de motorista só fossem usadas em uma emergência. Continuaria sendo responsabilidade, como sempre, do nosso motorista conduzir-nos. Mesmo que eu não tivesse um problema específico com Ramla, ainda a odiava, estava obcecada pelo desejo de que ela fosse embora. Uma coesposa continua a ser uma coesposa, mesmo se ela for gentil e respeitosa. Uma coesposa não é uma amiga — muito menos uma irmã. Os sorrisos de uma coesposa são pura hipocrisia. A amizade dela só serve para te enganar, para que ela consiga te derrotar com mais facilidade. Eu continuava atenta. E continuava lançando feitiços nela. Mas também fazia tudo o que achava útil para ter meu marido só para mim. Além do "segredo da mulher" de Halima, derramava regularmente afrodisíacos no chá dele durante meu *defande* e diluía soníferos nas garrafas d'água da geladeira dele no início do *defande* de Ramla. Lentamente, mas com segurança, nosso relacionamento íntimo estava evoluindo na direção certa. No sigilo do meu quarto, assistia a filmes eróticos e, discretamente, tornava-me mais lânguida e mais aventureira. Não hesitei em comprar vários elixires da juventude vindos da Nigéria ou do Chade e que eram vendidos por mulheres, discretamente, de casa em casa. Também procurava por ervas e feitiços *gaadé* que pudessem reacender o desejo dele.

E, desejo, ele tinha de sobra! Todas as noites da minha *walaande*, esmagava escondido comprimidos de Viagra em seu copo e o deixava exausto para ter certeza de que ele não faria nada na *walaande* de Ramla no dia seguinte. Contra todas as expectativas, acabei me saindo uma oponente formidável e, às vezes, usei até meus filhos e os criados para alcançar meus objetivos. Não parava os ataques contra Ramla. E tudo saía como planejado! Mandava colocar grãos de areia nos assados que ela preparava e na farinha de cuscuz dela. Colocava sal no molho dela. Escondia areia também debaixo dos lençóis da cama de casal quando saía da minha *waalande*. Escondia o sabonete e o papel higiênico, sujava as toalhas e Alhadji reclamava, reclamava e ficava zangado com Ramla, sem que ela pudesse se justificar. Ela preparava as refeições em silêncio na cozinha e como eu nunca ia lá quando ela estava, não podia suspeitar de mim. Claro, nas noites em que sua comida estivesse ruim demais para comer, Alhadji sabia que sempre poderia vir ao meu aposento e comer frango e doces servidos por mim. Foi então a oportunidade para meus filhos ficarem exultantes, para contar-lhe mil e uma anedotas enquanto minha coesposa permanecia consumida pela espera. Ofereci dinheiro e presentes de todos os tipos aos servos para mantê-los leais a mim. Também acabei subornando alguns dos homens de confiança de Alhadji para ficarem do meu lado e maliciosamente atacarem Ramla.

Como uma aranha, tecia inexoravelmente minha teia em volta de minha inocente coesposa. Ela sempre caía em minhas armadilhas habilmente preparadas e era repreendida por Alhadji. Eu o conhecia de dentro para fora e toquei seu ponto fraco, sabendo exatamente o que o desencorajaria. Então ele continuou a insultá-la. Às vezes, eu corria timidamente para resgatá-la. Mas fui ganhando terreno. A harmonia do relacionamento deles ia desaparecendo na mesma medida em que minha ligação com ele se aprofundava. Eu me arrumava, comprava novas *tangas*. Ousava cada vez mais ao escolher minhas roupas íntimas. Não hesitei em usar colares de pérola na cintura para ficar ainda mais sensual. Eu comprava cada vez mais camisolas ousadas e, para minha surpresa, meu marido gostava de todas. Discretamente adicionava mechas ou extensões de cabelo às minhas tranças sempre renovadas. Também investia em cremes e sabonetes luxuosos e não hesitava em usar todos os novos produtos clareadores para ter sucesso em deixar minha pele já clara tão branca quanto a de Ramla. Adquiria os incensos mais marcantes e os perfumes mais preciosos. As solas dos meus pés e minhas unhas estavam sempre pretas de hena. Minhas tatuagens eram renovadas regularmente, a cada vez com desenhos diferentes. Fazia desenhos nos lugares mais inusitados. Na cintura, na parte superior da coxa ou mesmo ao redor dos seios. Lasciva, mandava escrever as iniciais dele, fazendo inflar ainda mais seu ego enorme.

 Durante meu *defande*, fazia com que o apartamento dele fosse limpo impecavelmente e colocava lençóis de seda ou de algodão fino novos. Preparava banhos aromáticos para ele e não tinha mais medo de acompanhá--lo até o banheiro para conversar alegremente e esfregá-lo com uma esponja macia. Quando saía do banho, enxugava-o como uma criança e fazia massagens com um óleo diferente a cada noite. Ele gostava de todas essas atenções e demonstrava para mim. Quando saía de meu *defande*, tirava meus lindos lençóis e deixava os que já estavam lá. Discretamente, derramava urina nos cantos, deixando os odores desagradáveis pairarem para perturbar os sentidos de Alhadji. Queria que ele se lembrasse de meu *defande*, sentisse saudade dele e lamentasse minha ausência temporária.

Ramla ficava cada vez mais triste e melancólica. Não fazia mais o menor esforço e, quanto mais se deixava levar, mais irritava o marido. Senti o duelo chegando ao fim e saboreava antecipadamente minha vitória iminente.

Meu irmão comprou vários chips de telefone sem identificação. Seria a minha última cartada. O golpe final! Já há algum tempo, comecei a instigar na cabeça de Alhadji a ideia de que Ramla poderia estar tendo um caso. Meus cúmplices também falavam sobre isso e ele começou a suspeitar e a vigiar a esposa de perto. Então decidi agir no fim do *defande* de minha coesposa.

À meia-noite, peguei um novo chip e liguei para Ramla. Quando ela atendeu, não disse nada. Ouvi Alhadji perguntar quem era. Consegui estragar a *walaande* dela e fiquei feliz ao ouvir Alhadji repreendê-la. A partir de então, continuei ligando para ela durante seus *defandes*. Alhadji ficava cada vez mais nervoso. Quando ela disse se tratar de complô, todos olharam para ela com sarcasmo.

Uma noite, Alhadji ficou transtornado. Ele acusa Ramla de ter um amante, mas ela nega, chorando como sempre. Como Alhadji teve um dia ruim no mercado, não precisa de pretexto para se irritar. Furioso, começa a espancá-la violentamente, pedindo que confesse imediatamente. Ela grita, chora e jura que é inocente. Exasperado, ele tira uma longa faca de baixo do sofá, coloca na garganta dela e ameaça:

— Escuta aqui, vadia, você vai confessar agora. Quem é esse homem ligando para você? Você está brincando comigo, não é? É aquele canalha que queria se casar com você, não é? Se você não me contar a verdade, vou cortar sua garganta e, acredite, isso nem mesmo vai me levar para a cadeia. Neste país, os ricos sempre têm razão. Você vai admitir, sim!

Atordoada de terror, a jovem gagueja:

— Eu juro que não estou te traindo. Eu juro sobre o Corão.

Ele grita tão alto que toda a casa ouve e prende a respiração. Sinto que dessa vez fui longe demais. Se ele a matar, nunca serei capaz de me perdoar. A culpa me faz sair às pressas de meu aposento. Harouna, um dos homens de confiança que mora lá, também se levanta e circula pela varanda, perturbado. Ao me ver, parece aliviado.

— Hadja, ele vai matá-la se não intervirmos!

Entro pela porta dos fundos sem me anunciar, seguido por Harouna. Meu coração está batendo descontroladamente. Eu tremo de medo. A voz angustiada de Ramla chega até nós enquanto uma gota de sangue escorre em seu pescoço:

— Eu juro sobre o Corão. Traga se quiser e eu ponho a mão sobre ele.
— Você vai tocar no Corão e jurar? Caso contrário, vou matá-la.
Eu o interrompo enquanto ele pega o Corão em uma prateleira.
— Alhadji, você não vai fazer isso!
— Entre nessa história que eu te mato junto com ela! — diz com raiva, virando a lâmina contra mim.
Depois de me colocar em meu lugar, ele se vira para Ramla novamente e lhe entrega o Livro:
— Aqui, jure!
— Juro em nome de Alá e de seu Profeta que nunca te traí — disse Ramla, trêmula, com a mão apoiada no Corão.
— Vá além disso — acrescenta Alhadji, os olhos injetados. — Jure que você não apenas não fez isso, mas nunca o fará.
— Eu juro que nunca vou te trair... enquanto for sua esposa — Ramla acrescenta no último momento, uma mão apoiada no Livro Sagrado.
Harouna, que permaneceu em silêncio desde a entrada, se aproxima:
— Alhadji, ela jurou. Deixe-a agora. Quando alguém jura pelo Corão, não há mais nada a acrescentar. Deixe-a com Alá. Mesmo que você a pegue em flagrante, você não pode dizer mais nada a ela e tem que acreditar em sua palavra.
Cheia de compaixão por Ramla, que está tremendo e batendo os dentes, acrescento:

— Sim, Alhadji, deixe ela voltar para o aposento dela esta noite.

Ele joga a faca no chão e se deixa cair na cadeira mais próxima. Harouna confisca a arma, a coloca de volta na bainha e, então, sem acrescentar nada, sai, nos deixando a sós. Foi quando percebi o sangue fluindo profusamente sob a *tanga* de Ramla. Aterrorizada, começo a gritar:

— Ramla, você está ferida? Você está sangrando! Oh, meu Deus, Ramla, você está sangrando!

Uma poça de sangue começa a se formar debaixo dos pés dela, sem que a jovem reaja. Ela continua tremendo, apavorada.

Alhadji olha para ela com frieza e diz com raiva:

— Você está manchando o carpete e sujou a poltrona que custa uma fortuna. Imbecil! O que é isso? Está menstruada? Levante-se imediatamente e vá embora!

— Eu não consigo — Ramla sussurra em pânico. — Eu não consigo, Safira!

— Você está sujando a sala! Não é possível! — Alhadji acrescenta mais e mais irritado. — Que desgraça, essa garota!

— Está tudo bem, Alhadji. Não se preocupe. Nós vamos limpar — eu disse para ganhar tempo, vendo ele ficar cada vez mais furioso. — Ramla, levante-se!

E eu a levanto sem esforço.


Passamos a noite no hospital. Eu cuidei de Ramla antes que sua mãe assumisse o meu lugar no dia seguinte.

A emoção e o terror causaram um aborto espontâneo. Nas primeiras horas da manhã, a dor que a dominava diminuiu um pouco, e ela sentou-se na cama com esforço. Eu não conseguia dormir, consumida pela culpa. Eu estava grávida e Ramla, que eu não suspeitava que também estivesse, acabara de perder o bebê por minha causa. Eu me senti terrivelmente culpada.

Eu tinha ido longe demais em minhas provocações. Ramla me pediu água com uma voz quase inaudível e me apressei em servi-la. Uma calma enganosa reinava naquela parte do hospital reservada a luxuosos quartos individuais. Sussurrei para ela com uma voz triste:

— Lamento que você tenha perdido seu bebê. Não se preocupe, você vai ter outro bem rápido.

— Quem disse que eu quero? Não precisa continuar fingindo, Safira! Nós estamos sozinhas. Um pouco de sinceridade entre nós, pelo menos uma vez. Obrigada por me ajudar esta noite, mas eu sei que você me odeia. Eu sei que fez muitas coisas para me prejudicar. Eu sei sobre todas as suas travessuras. Por quê? Eu nunca fiz nada para você. Tentei te respeitar, ser sua amiga. Por quê?

— Mas não é você que eu odeio, Ramla! — digo com franqueza. — É apenas a esposa do meu marido que eu odeio. É a poligamia que eu...

— Mas eu não pedi para ser sua coesposa!

— Ao aceitar ser esposa dele, você aceitou ser minha rival.

— Quem te disse que eu queria ser esposa dele?

— Como assim? Eu ouvi tantas coisas sobre você. Disseram-me até que você planejava tomar o meu lugar. Que você ficou feliz por ter conseguido, depois de muitos anos, enganá-lo e convencê-lo a se casar com você, logo ele que sempre foi monogâmico!
— Disseram muitas coisas, mas não a verdade! Você não faz ideia...
— Como assim?
— Vou te contar um segredo, mesmo sabendo que você pode usá-lo contra mim depois: eu não queria me casar com ele.
— Recusar um homem como ele?
— Eu preferia me casar com meu noivo. O primeiro que pediu a minha mão e de quem eu gostava. Nós tínhamos sonhos — planos para o futuro.
— Você estava apaixonada?
— Isso mesmo! Assim como você, fiquei com o coração partido no dia do casamento. Como você, sou apenas uma vítima. Sou apenas um capricho. Assim que ele me notou, decidiu que eu lhe pertenceria, não se importando com o que eu pensava. Meus pais também ignoraram meus sentimentos e não levaram em conta minha angústia. Eu não escolhi ser sua rival ou tomar seu marido.
— Eu não sabia. Sinto muito. Mas sabe de uma coisa, você ainda é jovem e...
— Eu não sou mais jovem. Minha juventude foi roubada de mim. Minha inocência foi roubada de mim.
— A minha também.

Um silêncio pesado se instalou, cada uma ruminando o próprio ressentimento. Pela primeira vez minha coesposa abria o coração e eu descobri uma jovem sincera e magoada. Eu quebro o silêncio.
— Eu estava errada, Ramla. Me perdoe!
— Isso não importa.
— Juro para você que nunca contarei a ninguém, principalmente a Alhadji.
— Isso já não me importa. Não tenho nenhuma vontade mesmo de estar aqui.
— Não diga isso. Alhadji não é tão ruim quanto você pensa. Você só precisa saber como prendê-lo.
— A troco de quê? Ele não é mau? Talvez com você. Você o adora. Você tem filhos, consegue suportá-lo...
A entrada abrupta da mãe e da tia de Ramla interrompe a conversa. Quando perguntam o que aconteceu com ela, Ramla responde que caiu da escada e, portanto, perdeu o bebê. O olhar que ela me dá me convence a não dizer mais nada. Confirmo balançando a cabeça e, silenciosamente, recebo os calorosos agradecimentos de sua mãe por minha ajuda.

Enquanto Ramla estava no hospital, Alhadji não a visitou. Quando voltou para casa, ele a ignorou completamente. Durante os quarenta dias que durou a convalescença, não se dignou a entrar pela porta do aposento dela. Durante esse período, não precisei dividir meu marido, como se o casamento dele tivesse sido apenas um parêntese. Mas Ramla ainda estava lá. Após sua convalescença, ela retomou seu *defande*. Seu tio Hayatou insistiu com Alhadji para ser mais paciente, exigiu que a sobrinha se comportasse melhor em casa e expressou o desejo de que tudo isso não voltasse a se passar.

V

— Ela foi embora!
— O quê?
— De noite — minha empregada continua a dizer com a voz empolgada. — Parece que ela enganou os guardas durante a noite.
Estava tomando café da manhã. Era meu *defande* e eu quase não tinha dormido. Perplexa, olho para a jovem sem acreditar na notícia que marca o fim da minha obsessão. Meu coração está acelerado.
— Ela fugiu durante a noite, deixando todas as coisas — continua a jovem. — Dizem também que ela deixou uma carta para Alhadji.
— Tem certeza do que está falando? Quem te contou?
— Ela foi mesmo embora, Hadja. E Alhadji está fora de si! Ele expulsou os dois guardas noturnos. Um deles é meu primo.

Ramla tinha ido embora, como eu tanto desejava. Então, por que sentia o coração apertado? Por que esta vontade repentina de chorar? Por que esta sensação de ter perdido alguém da família? Eu tinha feito de tudo para que ela fosse embora. E agora que ela teve coragem de partir, me sinto triste e desolada. Não respondo a empregada. Como um autômato, abandono minha refeição e vou para o aposento de Ramla. Preciso ver por mim mesma a ausência de minha coesposa. Tudo continua igual. A sala de estar está impecável como sempre. Ela não levou nada, não moveu um só móvel. Faltam apenas algumas roupas no armário. Tudo está em ordem. Os frascos de perfume, as revistas femininas que ela adorava ler, os CDs, tudo está ali, menos o computador. Quando será que ela tomou essa decisão? Para onde ela foi?

Lembro que ontem à noite ela passou muito tempo comigo. Nada em seu comportamento traía suas intenções. Nada indicava sua determinação. Desde o acidente e de nossas confidências no hospital, uma amizade nasceu entre nós.

Alhadji, sozinho em sua sala de estar, bebe seu chá enquanto segura o controle remoto e muda de um canal para outro. Ele mal levanta os olhos quando entro. Eu me sento longe dele e espero. Ele continua fingindo que não estou ali, o rosto sério. Acabo quebrando o silêncio:

— Ouvi dizer que Ramla se foi.

— Eu já sei.

— Para onde ela foi?

— Pro inferno, espero! — responde impassível, os olhos fixos na tela.

— Talvez ela só esteja de mau humor. Deve ter voltado para a casa dos pais ou se escondido na casa de uma amiga. Vocês brigaram de novo?

Espero sinceramente que seja esse o caso e que tudo se resolva. Ele finalmente olha para mim e pergunta severamente:

— Por que você está se metendo, Safira? Você deve estar muito feliz, não é? Sua coesposa foi embora. Você está sozinha de novo. Então pare de me incomodar com isso!

— Eu não quero que ela vá embora. Perdoe-a, Alhadji! Entenda que ela ainda é jovem e imatura. Você tem que procurá-la. Ela não deve estar longe!

— Ela não é sua mulher! É minha, até que se prove o contrário. Sou eu que tomo as decisões. Você não me conhece bem se acha que ela vai voltar. Se minha esposa sai da minha casa, ela não tem chance de colocar os pés aqui de novo. Mas não fique feliz demais. Ela será substituída rapidamente — ele acrescenta desagradavelmente para me machucar.

Ignoro a última resposta dele e penso em Ramla, a quem atormentei tanto. Sua ausência já pesa sobre mim.

— Dê a ela uma última chance. Ela é uma boa garota.

— Fique no seu lugar. Você não passa de uma esposa. Não cabe a você defender suas coesposas. Fique no seu lugar se não quiser perdê-lo também!
— Eu amo Ramla.
— Cabe a mim amá-la, não a você. Essa é mais uma prova de que ela não vale a pena. Se ela estivesse à altura, a coesposa certamente não gostaria dela.
Sem me olhar de novo, ele pega o telefone, liga para o secretário e ordena com firmeza:
— Bachirou, você está no escritório? Estarei aí em alguns minutos. Tome nota. Prepare imediatamente uma carta de repúdio para minha segunda esposa Ramla, filha de Alhadji Boubakari. Dirija a carta ao pai dela. Diga a ele que devolvo a liberdade da filha, que foi embora sozinha. Eu a repudio. Diga a ele que sinto muito, mas faça-o entender que este é o destino e a vontade de Alá Todo-Poderoso. Tranquilize-o sobre minha consideração e amizade. Agradeça a ele por ter me dado a filha. Peça a ele para enviar alguém dele para esvaziar o apartamento de Ramla esta noite. Prepare a carta imediatamente. Vou assiná-la e você irá entregá--la com Bakari como segunda testemunha.
Enquanto dita a carta de repúdio, meus olhos se enchem de lágrimas. Sem mais nenhum olhar para mim, ele chama o motorista e sai com um passo seguro.

Ramla havia partido antes do amanhecer. Ela tinha enfrentado os perigos da noite e desaparecido em meio à natureza. Vários rumores alimentaram a fuga ao longo das semanas que se seguiram. O que se falou é que ela mantinha há vários meses relações estreitas pela internet com o irmão Amadou, que trabalhava há algum tempo na capital, e também com o antigo noivo. Ela também teria feito, às escondidas, cursos por correspondência e levado as joias de ouro. Estaria agora em Iaundé, na casa do irmão.

A cada novo boato, a raiva de Alhadji aumentava. Mas ele estava feliz por se livrar de uma esposa tão ruim. Eu carregava minha tristeza e minha culpa. Ao mesmo tempo, finalmente voltava a desfrutar de minha honra. Eu lutei e venci. Pelo menos essa batalha. Voltei a confiar em mim mesma e a ter esperança no futuro. Eu tinha vivido a poligamia e saído com a cabeça erguida. Não tinha mais medo de que ele se casasse novamente. O que me doeu tanto alguns anos atrás, agora estava se tornando uma questão trivial. Apenas um parêntese no decorrer da minha vida de casada, de toda a minha vida. Eu tinha certeza de que a mesma história se repetiria para sempre. Ele se casaria novamente, me ignoraria no início. Eu só teria que aguentar minha dor com paciência e esperar até o final da lua de mel. Após o fascínio da mudança, a recém-chegada deixaria de lhe interessar. Eu faria qualquer coisa por isso. Então, ele acabaria voltando para mim, pelo menos até a próxima vez. Não fiquei apenas por amor, mas para proteger meus filhos e não passar necessidade. Era o suficiente para eu defender ferozmente meu lugar.

Alhadji mandou pintar os aposentos de Ramla. Ele apressa os trabalhadores, dando ordens em tudo, mandando refazer quando não fica satisfeito. Já conheço essa expressão de contentamento no rosto dele. Sei o que significa a indiferença por mim, a ânsia ao menor telefonema, a desconfiança em minha presença, as palavras cada vez mais ríspidas. Percebo o novo vigor, a determinação. Alhadji vai se casar novamente e, como da última vez, serei informada por boatos. É através deles que vou saber a data do casamento, o nome da noiva, da família, a posição social dela. Mas, diferente da primeira vez, mantenho a calma. Sim, ela virá, mas por quanto tempo ficará? Quanto tempo vai durar? Agora estou segura de mim e do meu lugar. Nunca vou deixar ninguém tomá-lo de mim. Eu permaneço serena. Não importa a esposa que vier, eu lutarei. Independentemente das armas, ainda vou ganhar a batalha. O sentimento de culpa pela partida de Ramla não resistiu por muito tempo à minha alegria de me vingar daqueles que tinham celebrado a poligamia de Alhadji. Se o casamento dele com Ramla me fez perder prestígio, qualquer outro casamento seria apenas uma sombra do anterior.

Aconteça o que acontecer, eu sou a *daada-saaré*. Ninguém nunca poderá me substituir. Esta noite, me vesti como uma noiva. Fiz minhas tatuagens de hena novamente e pedi que fossem feitos os arabescos mais extravagantes. Me vesti com ornamentos de ouro e uma tanga de seda fina. O dia foi festivo. Conversei e ri com minhas amigas, troquei olhares de cumplicidade com minha cunhada e minha mãe, também já mandei meu irmão e Halima aos meus feiticeiros favoritos. Ervas, *gaadé*, essências de amor estão secretamente na prateleira mais alta do meu armário. Com um sorriso, ouço mais uma vez as mulheres da família repassarem os conselhos de sempre para mim, diante de uma nova noiva mais atrevida que a anterior e que já me lança olhares inoportunos.

— Ela é sua irmã, sua caçula, sua filha. Cabe a você educá-la, dar-lhe conselhos. É você a *daada-saaré*, a peça central da casa, Safira! Você continuará sendo a *daada-saaré, jiddere-saaré*. E não se esqueça: *munyal*, paciência!

# Notas

1    Os fulani, em francês chamados de peul, são um grupo étnico que compreende várias populações espalhadas pela África ocidental e central, incluindo o extremo norte da República dos Camarões, onde se passa a história. Falam o idioma fula, praticam o islamismo e habitam o Sahel, a região de transição entre o Saaara e as savanas. Tradicionalmente são nômades, porém hoje muitas famílias fulani trocaram o nomadismo pelos centros urbanos, onde atuam como comerciantes. [NT]

2    Pulaaku é o código de honra fulani que está na base de sua personalidade étnica. Pulaaku designa o modo de ser, de pensar e de se comportar considerado como identificador e ideal. É mais estético do que moral por natureza. [NT].

3    Griot ou griô é uma pessoa especializada no louvor e na declamação dos relatos históricos que exaltam os heróis fundadores da África ocidental. [NT].

4    Bênção.

5    Amém.

6    Na África subsaariana, uma concessão é um terreno que contém casas com diversas funções, na maioria das vezes correspondendo ao habitat de uma família estendida, com parentes de segundo e terceiro grau com uma ou mais unidades familiares,

     *por vezes polígamas, de acordo com a região, às quais podem se juntar outras pessoas como trabalhadores domésticos.* [NT]

7    Peça de tecido com aproximadamente 8 metros de comprimento. No dia a dia, ela é dobrada ao meio no sentido do comprimento e enrolada nos quadris. Em situações mais formais, ou quando faz frio, ela é desdobrada e drapeada como uma toga ou sári, parte enrolada na cintura e a borda livre lançada para trás, pelo ombro esquerdo, ou às vezes levantada até a cabeça. [NT].

8    "Louvado seja Alá".

9    Peça tradicional usada na África, caracterizada por uma túnica longa e larga sem mangas e sem capuz. [NT]

10    Repudiar uma mulher por três vezes homologa definitivamente o divórcio, sem possibilidade de recurso. [NT]

11    Espíritos ou seres míticos, também conhecidos por "gênios" (como o de Aladin), da mitologia pré-islâmica. [NE]

12    Os marabouts, ou marabôs, eram tradicionalmente peregrinos estudiosos do Corão, vivendo da caridade. No Sahel, mais recentemente, o termo passou a referir-se a "guias espirituais" e adivinhos profissionais. [NT]

13    "Se Deus quiser".

14    Jihad é um dever religioso dentro do Islã. Em árabe, significa "abnegação", "luta" ou "resistência". Também pode ser definida pela expressão "esforce-se no caminho de Deus". [NT]

15    Fabien Marsaud, conhecido como Grand Corps Malade, é slammer, compositor e diretor francês. [NT]

16    Túnica longa e larga usada na África subsaariana. [NT]

Coordenação editorial   Carla Cardoso e Julio Silveira
Revisão   Andréa Carvalho

Dados Internacionais de Catalogação na Publicação (CIP)
(Câmara Brasileira do Livro, SP, Brasil)

Amal, Djaïli Amadou

As impacientes : Djaïli Amadou Amal. Tradução Juçara Valentino
— Rio de Janeiro : Livros de Criação : Ímã Editorial : 2022
218 p p; 21 cm.

Título original: Les impatientes
ISBN   978-65-86419-18-4

1. Casamento - Ficção 2. Ficção francesa
I. Título.

22-102223                                       CDD        843

Índices para catálogo sistemático:
1. Romances : Literatura Francesa   843
Maria Alice Ferreira - Bibliotecária - CRB-8/7964

Ímã Editorial | Livros de Criação
www.imaeditorial.com.br